中國古典文學研究在蘇聯

（小說・戲曲）

〔蘇聯〕李福清著

田大畏譯

Изучение китайской классической литературы
в СССР (проза, драма)
Б.Л.Рифтин

臺灣學生書局印行

Б. Ридзбун.

內 容 提 要

　　本書是關於中國古典文學研究的專著，是蘇聯漢學界對我國古典文學（神話、傳說、變文、小說、戲曲等）研究的成果及觀點方法的介紹和闡釋。本書作者是蘇聯科學院高爾基世界文學研究所著名漢學家李福清博士。他於 1981 年訪問大陸時，應《文獻》雜誌編輯部之約，專爲中國讀者撰寫了此書。書中全面介紹了自十九世紀以來俄國和蘇聯的中國古典文學研究者的各種著作及其主要內容，並提供了一些有價值的史料。書後附有詳細註釋、中國古典文學作品俄譯本目錄、蘇聯漢學家簡介。

中國古典文學研究在蘇聯

目　　次

作者自序……………………………………………………Ⅴ

譯者前言……………………………………………………Ⅶ

第一部分　小　説……………………………………… 1

綜合性研究………………………………………………… 3

神話與傳說研究…………………………………………… 7

古小說史研究………………………………………………13

古小說研究…………………………………………………14

唐代傳奇研究………………………………………………16

雜纂研究……………………………………………………17

敦煌文獻研究………………………………………………18

哈拉浩特文獻研究…………………………………………21

宋代傳奇與話本研究………………………………………22

平話與詩話研究……………………………………………24

　　《三國志平話》…………………………………………25

　　《新編五代史平話》……………………………………26

　　《大唐三藏取經詩話》…………………………………28

章回小說研究………………………………………………30

《三國演義》……………………………………… 30

《水滸傳》……………………………………… 33

《西遊記》……………………………………… 34

《西洋記》和《封神演義》…………………… 36

《金瓶梅詞話》………………………………… 37

明代傳奇研究………………………………………… 38

明代擬話本研究……………………………………… 39

明末清初文學研究…………………………………… 41

《普明寶卷》………………………………………… 42

清代長篇小說研究…………………………………… 43

《隔簾花影》和《說岳全傳》………………… 43

《紅樓夢》……………………………………… 44

《儒林外史》…………………………………… 47

《鏡花緣》……………………………………… 49

晚清小說研究………………………………………… 49

李寶嘉和吳沃堯的長篇小說…………………… 51

清代筆記小說研究…………………………………… 53

《聊齋誌異》…………………………………… 53

《閱微草堂筆記》……………………………… 57

《新齊諧》……………………………………… 58

近代民間說唱文學研究……………………………… 60

蘇聯收藏中國舊小說和俗文學作品情況…………… 61

第二部分　戲　曲……………………………………… 71

早期的翻譯和評介 ······································· 73

元雜劇研究 ··· 78

　關漢卿的雜劇 ··· 78

　楊顯之《瀟湘夜雨》 ································· 81

　王實甫《西廂記》 ··································· 82

　馬致遠《漢宮秋》 ··································· 85

元雜劇的俄文譯本 ····································· 86

早期戲曲與說唱藝術的關係 ······················ 87

索羅金研究中國元代雜劇的一本專著 ·········· 88

　戲曲的起源 ··· 90

　元雜劇的結構 ··· 92

　元雜劇中的人物形象 ······························ 93

　元雜劇作者的世界觀 ······························ 98

明代戲曲研究 ··· 99

　明代雜劇 ·· 100

　朱有燉的劇作 ··· 103

　徐渭及葉憲祖的劇作 ······························ 104

　孟稱舜的劇作 ··· 105

　馮夢龍的劇作 ··· 106

　《東郭記》與《齊東絕倒》 ····················· 107

　戲曲中的蘇東坡 ····································· 108

　戲曲中的卓文君 ····································· 109

　湯顯祖的劇作 ··· 110

清代戲曲研究 ··· 112

洪昇《長生殿》……………………………………113

孔尚任《桃花扇》…………………………………115

戲曲理論研究………………………………………117

戲曲舞臺藝術研究…………………………………120

結束語………………………………………………122

附錄一：中國古典文學作品俄譯本簡明表…………129

附錄二：蘇聯部分漢學家簡介………………………143

作者自序

我曾於 1981 年秋天來中國，承蒙中蘇友好協會接待，幫助我與中國文學研究工作者會面並請我向有關專家們做報告，介紹蘇聯研究中國古典文學的概況。隨後，北京圖書館《文獻》雜誌編輯部約我寫一篇介紹這方面情況的文章。回國以後，開始動筆，但是一想，如果把全部內容都包括在他們要的一萬多字以內，只會寫成一篇簡略的目錄，沒有多大意思。還是只限於小說和俗文學部分吧。寫完一看，竟有四萬多字，作爲文章則太長，作爲專書則太短。編輯部收到以後，建議再寫一篇戲曲部分,合在一起,可以印一個小冊子。我欣然從命，花了些工夫，又寫出了蘇聯研究中國古典戲曲的概況。結果又是四萬多字的長文。但是寫完之後，心裏却有些不安，因爲蘇聯研究中國古典詩詞、古文、古典文學理論的情況，以及綜合性的研究（如有關中國古典文學的特點、發展規律、中外文學聯繫等方面的研究），都沒有涉及；我們多年編寫的《世界文學史》（第一、二、三卷已經出了，第四卷快要出版,現在人民文學出版社正在翻譯。一共要出九或十卷）裏的中國文學部分以及莫斯科大學編的幾種東方文學教科書裏的中國文學部分，更沒有向中國讀者介紹。本文中談到的，主要是對小說、俗文學和戲曲作品的研究文章和一些學術著作。

正因爲這本小書的內容僅限於以上範圍，所以我國幾位著名漢學家如 B . M .阿列克謝耶夫院士（漢名阿翰林）、費德林通訊

院士、艾德林博士、謝列布里亞科夫博士等人的關於詩歌方面的
著作和若干主要著作，文中都沒有提到。如果中國讀者對此感興
趣，將來我也可以另寫一本小冊子，介紹中國古典詩詞、古文和
文學理論在蘇聯的研究情況。

　　如果有人看了這本小書而對我國研究中國古典文學的某些成
果發生興趣，那將是我最大的快樂，也可以說是達到了我寫此文
的目的。

　　這篇文字包含了一些不常見的人名和篇名，原稿有些地方很
不容易翻譯。北京圖書館田大畏同志為翻譯拙作花費了很大力
氣，在此謹向他致以誠摯的謝意。當然同時也要感謝書目文獻出
版社的朋友們，依靠他們的幫助才使這本小書能與中國讀者見
面。我大膽地用中文寫出這篇小序，不通之處，尚希讀者鑒諒。

蘇聯科學院高爾基世界文學研究所

李福清

1983 年 10 月 21 日於莫斯科

譯者前言

　　1979 年在北京圖書館參考研究部文獻研究室工作的時候,翻閱過一些蘇聯學者研究中國古典文學的著作和論文,看到他們研究的範圍很廣,從古代神話到清末小說,從作品到理論,都有人研究。對於中國古代文學史諸問題,他們也進行過熱烈的討論,例如中國古代文學史的分期問題,中國古代的"文藝復興"問題,明清時代的"啓蒙運動"問題,東西方文學相互影響問題等等。蘇聯漢學家聯繫世界文學發展總的進程提出的有關中國古代文學的一些看法以及他們的某些研究方法是很令人感興趣的,儘管他們彼此間也有很多分歧和爭論。當時我國在古典文學領域搞比較研究的還不多,而幾位蘇聯學者,包括已故的康拉德院士,在中西古典文學的比較研究方面已經做了一些認眞的工作。我在中國古典文學和國外漢學方面的知識都很淺薄,對於他們的觀點和研究水平不能下什麼結論,但是我覺得把這些情況和研究成果介紹給我國學術界是有益的,甚至是必要的,對我們自己的研究工作可能起到開拓思路的作用。於是我就着手收集資料,準備在這方面做點事情。但是僅僅抄了一些卡片,材料還沒來得及仔細看,就忙於別的工作,把這件事丟下了,心裏總覺得很遺憾。1981 年秋天,蘇聯漢學家李福清來我國訪問,在北京期間多次到北京圖書館看書,我和他有過接觸。"李福清"這三個字很像中國人的名字,其實是他姓氏近似的音譯。好幾位蘇聯漢學家都給自己取

了中國名字，以表示他們對中國習慣的尊重，如這本書裏常提到
的孟列夫（緬希科夫）、華克生（沃斯克列辛斯基）等。李福清
對蘇聯漢學界的情況很熟悉，在北京還做了關於蘇聯研究中國文
學情況的報告，因此北圖辦的《文獻》叢刊便委託我約他寫一篇
這方面的文章。1982和1983年，稿子分兩次寄來了，總共一百
七十多打字頁，約合中文九萬多字，這就可用單行本形式出版了。
約稿既然是由我轉達的，翻譯的任務也只好由我來承擔吧，儘管
知道是難以勝任的。

　　作者寄來稿件的時候誠懇地表示，希望譯者根據中國讀者的
需要和興趣決定對某些內容的取捨。我按照他的意思做了，刪去
了一些我認爲不必要的詞句和段落。戲曲部分壓縮得最多，差不
多少譯了一萬多字，主要是劇情介紹和一些術語解釋。在保持原
意的前提下，個別地方做了修辭上的改動。另外，爲了讀者閱讀
方便，在文中加進了小標題，使眉目更清楚。由於小標題是在已
經寫成的稿子裏補加的，不可能與相應段落的內容完全一致；時
代的劃分和作品的分類也可能不十分準確。如果有錯誤，責任是
應當由譯者負的。

　　這本小冊子只限於小說和戲曲領域，不是蘇聯研究中國古典
文學情況的全面介紹。但小說的部分也包括了神話、變文、寶卷
以及近代曲藝，範圍還是比較寬的。這本書基本上是對各類研究
著作的提要式綜述，有些地方講得相當詳細，也提供了一些研究
史和翻譯史方面的資料。一個外國作者向中國讀者介紹本國的研
究工作情況，有有利的條件，也有不利的條件。有利的是他熟悉
情況，談得全面，不利的是他很難知道中國讀者對什麼最感興

趣，哪些成果和論點對中國學術界最有參考借鑒價值，哪些事情
需要說明，哪些不用說明。所以，我國學術界要想更深入地吸取
對我們最有益的研究成果，需要自己進行對國外漢學研究情況的
考察。我國古代文明對人類的貢獻是盡人皆知的，但對古代文學
與各國（特別是西方）間的相互影響就研究得不夠。蘇聯學者康
拉德認爲唐詩通過阿拉伯文學的中介影響了後來義大利的文藝復
興。這也許是一家之言。但我相信通過各國漢學家和翻譯家們不
斷的研究和介紹，更多的中國古典文學優秀作品將成爲各國人民
共同享受的精神財富，並且將對世界文學的進程發揮比以前更大
的作用，變爲世界文學眞正有機的組成部分，不再被人視爲僅僅
是中國的或東方的文化現象。因此我認爲各國研究者之間的互相
交流是非常重要的。我們需要知道我國古典文學在國外引起的反
應，外國漢學家更想知道我國學術界對他們研究成果的看法。
1978 年，北京圖書館俄文編目組收到蘇聯漢學家艾德林贈送的幾
篇著作，都是這位漢學家從各種文集裏面抽出來的，每篇單獨釘
成一本小冊子，寫上“北京圖書館惠存”“艾德林敬贈”幾個字。
在彼此完全隔絕的情況下，這位老學者以此表露出他渴望溝通信
息的迫切心情。1985 年 11 月，艾德林教授終於實現了重訪中國
的宿願，歸國後幾日便與世長辭了。近幾年來，情況大有變化，
蘇聯翻譯介紹中國文學作品的消息常見於中國的報刊。尹錫康、
馬昌儀等同志還發表了專門介紹蘇聯研究中國文學情況的文章；
北圖的王麗娜同志關於國外漢學的許多文章裏也包含了俄國和蘇聯
的一些資料。這僅僅是我見到的。從更大的範圍上說，比較文學
與比較文化研究工作在中國的開展，中國文化面向世界、走向世

界的要求的提出，必然會促成中外文化的更密切的交流、文化信息更頻繁的報導、中外學者更廣泛的接觸。

蘇聯研究和介紹中國古典文學的工作最近二十多年以來有了很顯著的發展。它的基礎，我想是蘇聯廣大讀者對中國古典文學興趣的增加。李福清 1981 年在北京做報告時說，蘇聯讀者對中國古典文學興趣之濃厚連他也覺得意外。中國文學作品過去只有少數人讀，現在是供不應求。最近我又問一位蘇聯著名漢學家華克生："中國古典文學作品在蘇聯的讀者多不多？能不能看懂？"他也告訴我同樣的情況："譯本一出版就賣完，書店裏是見不到的；爲了適合一般讀者的需要，《西遊記》、《三國演義》等長篇小說在出版了全譯本以後，還被改編成節略本出版"。我們總以爲我們古代的東西外國讀者不容易接受。其實不然。人類的感情是能夠相通的，眞正的藝術具有打動歷史和文化背景完全不同的人們心靈的力量。關鍵在於要有人不斷地研究和介紹。過去中國傳統戲曲給外國觀衆的印象，主要是武打、舞蹈、各種臉譜、五顏六色的服裝、"令人眼花撩亂"的場面、"象徵性"的舞臺動作。經過幾十年的文化往來，現在外國觀衆不再是只能欣賞《三岔口》、《雁蕩山》、《虹橋贈珠》之類的動作性強的劇目了，而且連着重表現人情、心理的崑曲也一樣能理解；據說崑曲在歐洲的演出獲得很大的成功。這使我想起1950年蘇聯電影導演和藝術理論家尤特凱維奇在中國的那些日子。他在山西大同的一個簡陋的劇場裏看了一齣北路梆子，當然也在北京前門外的劇場裏看了京戲，很快就變成了"戲迷"。他不是帶着獵奇的心理單純欣賞中國戲曲形式上的特點，而是憑着藝術家的敏感立刻發現了中國戲曲內容和表演裏強烈的現實主義力量，並爲之感到震驚。他在回國後出版的《在中國的影院與劇場裏》一書裏談到的那些話是眞誠而深刻的。後來木偶藝術家奧布拉兹佐夫訪華以後寫的那本書，也對蘇聯人理解中國的戲曲有很大幫助。我在翻閱蘇聯漢學研究出版物時發現一篇論梅耶荷德（1974～1940）與"中國戲劇觀念"的文章。梅耶荷德大概是對中國傳統戲曲感到濃厚興趣並將其某些因素運用於舞臺實踐的第一位蘇聯戲劇藝術家。現在蘇聯漢學界也把很大注意力放在中國古代戲曲上。五十年代女漢學家蓋伊達來過北京，接觸了戲曲界人士，後來寫了書。現在又有索羅金的一本很厚的專著。不過我最早看到的還是馬里諾夫斯卡婭寫的有關明代戲曲的許多論文。這次我翻譯李福清這本書，許多戲曲篇名和作者的中文原文都是由馬里諾夫斯卡婭提供的，減少了譯者查找資料的工夫，需要對她表示感謝。蘇聯漢學家在這方面的工作將幫助蘇聯讀者和觀衆更深入地了解中國的戲曲文化。總之，隔絕狀態已經打破，隨之而來的將是一個互相吸取對方長處、分享藝術財富的可喜過程。

　　魯迅在 1932 年寫的感情深沉的雜文《祝中俄文字之交》，講到十九世紀我國的一部分青年怎樣通過英譯本知道了俄國文學，講到俄國文學在中國如何"介紹進來，傳布開去"。從李福清這本書裏我們知道了中國小說和戲曲也是在十九世紀最早介紹到俄國的，也有一些是通過其他文字轉譯的。因此可以說中俄文學的交往始於十九世紀。但是直到本世紀中期，中俄文學之交流主要表現爲俄國和蘇聯的作品在中國的傳播。據粗略的統計，從 1911 年到 1949 年這三十八年裏面，中國翻譯出版的俄國和蘇聯文學作品，只算單行本，就達到一千種以上，這裏面有重譯的，也有同一些作品的不同選輯。在這個期間內，中國文學作品譯成俄文的爲數寥寥，從本書附錄的《簡明表》裏一眼就可以看出來。近幾十年來，中國文學作品介紹到蘇聯去的，數量也多起來。到八十年代初爲止，光是中國古典文學（包括古代民間文學）的俄文譯本已經有了一百多種。近代和當代文學的譯本也有一定數量。因此可以說，兩國文學之交流，已由基本上單方面的傳播變成了眞正相互的交流。最近幾年，蘇聯介紹中國當代文學的興趣又在擡頭，預料蘇聯讀者們將能全面地看到中國文學的面貌。蘇聯的研究者和翻譯家們爲溝通兩個偉大民族的心靈而做的努力，是値得稱讚的。

這本《中國古典文學研究在蘇聯》所講的，當然主要是研究情況，對翻譯情況只是順便提到。爲了彌補這個欠缺，我編寫了一份《中國古典文學作品俄文譯本簡明表》，附在書後。基本上只收錄單行本，著錄比較簡單，所以叫做"簡明表"，不敢稱爲"目錄"。但這是第一次編出的這類材料，力求完整，大概讀者還是會感到興趣的。讀者如果想知道我國的古代文學遺產有哪些翻譯成了俄文，不妨翻翻附錄。另外，本書後面還附有一份《蘇聯部分漢學家簡介》，只限於本書正文和《簡明表》裏提到的那些人名。

在翻譯正文過程中，王麗娜同志幫助查了不少資料；北圖參考研究部王靖元同志不僅幫助核對了《簡明表》，還翻譯了《漢學家簡介》的部分原始資料；北圖俄編組程靈南同志對編製附錄也給予了協助，在此一併申謝。同時，本書作者李福清也爲《簡明表》和《簡介》提供了我們在國內查不到的材料；蘇聯漢學家華克生教授又熱心地幫助最後核對一遍。應當說這兩份材料是中蘇兩國研究人員共同努力的結果。

　　希望這個譯本的出版有助於兩國古典文學研究者之間的學術交流。

譯　者 1985. 11. 15

第一部分

小　說

第一部分　小　　說

　　中國古典文學被介紹給俄國讀者，雖然在十八世紀就開始了，可惜在很長的時期內，這件工作只是偶然地進行，沒有什麼系統。當時翻譯中國作品，並不全是根據中文原著，常常是從滿文、法文或者其他歐洲文字轉譯的。中國文學在俄國的早期翻譯史還是一個有待專門考察的領域。有些譯文至今也沒有查出原著是什麼；還有許多譯文從來沒有付印過，只留下手稿。本文的宗旨主要是介紹中國古典小說在蘇聯的研究情況，不專門談翻譯問題，但是正如蘇聯漢學的奠基人阿列克謝耶夫院士（В. М. Алексеев）所說，在蘇聯，對中國古代文獻的翻譯工作和研究工作，是分不開的；研究中國文學的人，大多數同時又是中國文學作品的翻譯者和注釋者。

綜合性研究

　　在俄國出版的第一部中國文學研究著作，不是對某一篇作品的專論，而是一部中國文學通史。十九世紀八十年代，著名的東方學家柯爾施（В. Ф. Корш）計劃出版一套世界文學史，約請當時名列前茅的俄國漢學家瓦西里耶夫（В.П. Васильев）撰寫中國文學史部分。這篇通史和古埃及以及印度文學史合編爲柯爾施主編的《世界文學史》的第一卷。後來中國文學史部分又用單行本

的形式出版過❶。據我們所知道的，這是世界上第一部中國文學
通史，這一點是它的不容爭辯的價值，但也正因爲如此，它有一
些明顯的不足。瓦西里耶夫不是一個文學理論家，雖然在他那個
時代俄國已經有了文學理論這一門科學。在他眼裏，文學就是一
切文章典籍的總合。從這個概念出發，他力圖把中國各類文籍都
一一地介紹給俄國讀者。這樣一來，他這部著作裏面，既談到名
正言順的儒家經典《詩經》、《春秋》、《論語》，也談到一般
中國文學史著作所不論的《孝經》；既有體現儒家治國思想的
《書經》，也有道家經籍和他本人精通的佛教文獻；此外還有律
法、地理、農書、兵書之類。瓦西里耶夫的文學通史裏面只有最
後那一部分才是"詩文"和"民間文學——戲劇、小說"。但也
應當說，瓦西里耶夫所談的雖然是中國各類文籍的總合，可是他
自始至終想着自己是在寫一部中國文學的歷史，哪怕在介紹中國
農書的時候也沒有忘記這一點。例如他強調說中國的著名作家也
寫關於花木栽培的著作（歐陽修就有《洛陽牡丹記》之作）；又
說，《廣群芳譜》"也許應當視爲純文藝的作品，因爲其中植物
學描述所佔的地位反不如題詠詩詞重要"（《世界文學史》第
573頁）。瓦西里耶夫這部著作值得今天的中國文學研究者珍視
的地方，當然不在這裏，而在於他對《詩經》的精闢見解。這些
見解在他那個時代是有創新意義的。這位俄國學者認爲《詩經》
是一部眞正的民間詩歌集，他極力反對儒家對這個卓越文獻的傳
統解釋。在漢學界提出研究中國現代民歌的重要性的，瓦西里耶
夫恐怕是第一個人。他說《詩經》的一大特點是"其中的詩歌差
不多都是同樣一些題材在不同王國裏的變體"。他在附注裏寫道：

"如果有人對中國今日的民歌也加以注意,那將是很有意義的……在中國不同地區,必定存在着富有地方色彩的歌謠"(同上第458頁)。值得強調的是:他說這些話還是在劉半農等五四時代人物在全國開展搜集民歌活動的三十年以前。

關於中國小說和戲劇的來源問題,瓦西里耶夫和本世紀三十年代某些中國學者有相同的看法,認爲"戲劇是從印度傳來的", "小說由傳說到中篇、由中篇到長篇的發展,其根源可能仍然是外來(指西域——李福清注)的影響。但是另一方面,無論在戲劇還是小說的領域裏,中國人都不是單純的模仿者;這是一個一貫保持着獨立自主精神的民族,對一切異邦的和外來的東西,她都以自己的眼光加以檢驗,以自己的方式加以改造——因此戲劇和小說總是呈露出中國的精神,表達着中國人自己的世界觀。"(同上第582~583頁)。作爲一個典範,他分析了中國優秀的劇作《西廂記》,極度推崇其高超的藝術水平。"如此完美的劇本,在歐洲也不多見。"(同上第583頁)。評述中國的長篇小說時,瓦西里耶夫公正地把《紅樓夢》放在首位,但是對於《金瓶梅》等幾部人情世態小說也沒有忽視。他認爲這些小說貴在生活描寫的眞實。這部文學史的作者寫道:"只有長篇小說才能使我們充分了解當時的生活,連戲劇也不能做到這一點,因爲戲劇不能提供同樣的細節。"(同上第587頁)。他還提到中國有一種詩體小說,指的是彈詞。他舉出《錦上花》、《再生緣》、《來生福》等唱詞作爲例子,並且強調說,這些作品"不僅是因爲它們的情節,而且是因爲它們語言的俚俗,一直被中國學者們所忽視"(同上第580頁)。

　　瓦西里耶夫是一位博識多通的中國學家，他的主要精力放在依據漢、藏文獻研究佛學，並且從事漢文中亞史料的研究。他的弟子阿列克謝耶夫雖然也涉足於中國文化的許多領域，但主要精力還是放在研究中國文學上的。阿列克謝耶夫是把中國文學看作世界文學的組成部分而加以研究的。他在 1920 年發表的一篇文章裏寫到：＂中國文學在世界文學中的地位，不是一段插話，不是一套叢書中孤立的一册。如果可以說爲歐洲現代文學打下基礎的希臘羅馬古典文學是具有世界意義的文學，如果可以說在古希臘羅馬文學影響下成長和繁榮起來的歐洲各國文學由於彼此互相影響而變成了世界性的文學，那麼，同樣可以斷言，中國文學是具有世界意義的文學＂❷。阿列克謝耶夫研究的主要對象是中國古代的詩歌、散文、詩論，以及蒲松齡的短篇小說（關於這個課題，本文後面將要詳談）。他在 1916 年出版過一部關於司空圖《詩品》的長篇著作❸，但其內容可惜至今還沒有向中國學術界做過介紹。

　　阿列克謝耶夫培養了一大批獻身於中國文學研究事業的學生：有的專攻古典，有的面向現代。其中有一些人在中國也是相當知名的，例如艾德林（П. Эйдлин）和費德林（Н. Федоренко）。艾德林與他的學生索羅金（В. Сорокин）合作寫成了一部篇幅不大的中國文學通史❹。這是用俄文撰寫的第一本上自《詩經》下迄今日的中國文學全部歷史的系統敍述的著作。兩位作者參照中國有關著作，給中國文學的發展過程描繪了一幅鮮明而翔實的圖畫。他們突出中國文學的進步傳統和現實主義因素的積累過程。書中論述了《金瓶梅》的生活眞實性和藝術眞實性；認爲

《紅樓夢》的出現標誌着" 中國文學達到了能夠創作出現實主義的長篇心理小說的水平。"（《中國文學》第83頁）。關於其他作品，他們還發表了不少值得注意的見解。

阿列克謝耶夫自稱，他的著述是爲將來編寫中國文學史打基礎的。他本人和他的學生們的著作，還有其他蘇聯學者的著作，爲編寫三卷本的中國文學史創造了前提。這件工作定於1983年着手進行，將由大批學者在艾德林的指導下協力完成。另外，許多蘇聯漢學家擔任了九卷本《世界文學通史》相應章節的撰寫工作，這件事對於出版中國文學詳史也有很大的推動作用。從1983年起，《世界文學通史》的各卷就要陸續問世了。

神話與傳說研究

上面簡要介紹了幾本綜合性的著作，現在就可以轉入正題，談談中國古典小說在蘇聯的研究概況了。

從鹽谷溫和魯迅時起，把中國神話視爲小說的先河，已經成爲傳統的看法。因此筆者在談小說以前，也認爲有必要介紹一下俄國和蘇聯研究中國神話的情形。這項研究的鼻祖是彼得堡大學教授中國古代史專家格奧爾吉耶夫斯基（C. M. Георгиевский）。1892年，他在彼得堡印出一本著作《中國人的神話觀念與神話故事》。在世界範圍內，這還是第一本研究這個課題的學術著作。他給" 神話觀念"下了這樣一個定義：它是在全體人群中形成的" 某種宇宙觀的基礎，它存在於作爲神仙故事的神話出現之前"。例如，關於共工氏的神話，只有在" 星空是傾斜的"這種普遍觀念的基礎上才能產生。正是這種早期形成的觀念構成了神話故事的基礎，並且決定了人們會相信它、傳播它。格奧爾吉耶夫斯基在導言裏提出了一些至今仍令人感興趣的問題，如民間流傳的神話和“文人幻想”之間的關係。這裏尤其指道家文人，他們“常常以民間神怪傳說爲基礎，把那些已經膾炙人口的情節加以敷演鋪陳”，寫成小說。這位學者認爲，這類小說完全可能重新傳入民間，被群衆吸收消化，並且與早期形態的神話同時在民間流傳。用現在的說法，格奧爾吉耶夫斯基首先提出了研究中國古代神話與較晚出現的道家神仙小說之間關係的任務。也是他最早提出可以利用“當代的調查材料”來闡釋古代神話的形象和情節。本世紀四十年代，聞一多出色地進行了這一工作，在古代神話的研究中運用了當代民俗學和民間文學的資料，其範圍不限於漢族，也包括與漢族接近的其他民族。格奧爾吉耶夫斯基倡導的原則，對今天的學術界，我以爲仍不失其現實意義。

　　格奧爾吉耶夫斯基依據《尙書》、《詩經》、《禮記》以及《搜神記》、《太平御覽》、《太平廣記》、《文獻通考》、《三才圖會》等典籍和類書的資料，對中國人的神話觀念和這些觀念的演化過程進行了描述。他敍說了混沌開闢的神話，探討了陰陽觀，道家的宇宙五運說，講述了天空的觀念如何轉化爲天帝（上帝）的觀念。作者用了整整一章的篇幅論說星宿神話。他正確地指出，“中國人曾經認爲，星空中存在着和地面上相同的事物”。這一章裏，作者對太陽神話（羲和、后羿等等）和月亮神話（嫦娥、吳剛、玉兔、蟾蜍等等）也做了探討。在其他章節裏談到的還有：諸種“地球大氣層現象”（隕星、虹、霞、雷、電）；與

植物、動物相聯繫的觀念和靈魂觀;與人類活動有關的傳統信仰,
如相信人的一生必須時時防禦鬼祟、供奉各類守護神(灶神,各
種 "娘娘" 等)包括各行各業的神靈。該書最後一章,專談神話
與傳說中的帝王。格奧爾吉耶夫斯基合理地斷言,伏羲、神農、
黃帝、帝嚳、堯、舜等帝王形象,是在神話觀念的基礎上形成於
民間的神話形象。後來孔子加以利用,塑造成這位哲人認爲應
"指導中國人未來的歷史生活"的理想人物。我覺得格奧爾吉耶
夫斯基這本材料豐富的書,今天仍有一定價值,因爲其中描述的
許多神話觀念,至今仍然有待探討。和這本半個多世紀以前寫成
的書比起來,袁珂的《中國古代神話》一書(俄譯本出版於 1965
年)在直接敍述古代英雄神話方面,內容當然是更爲充實的。

過了許多年以後,才出現了論述中國古代神話的第二篇俄文
著作。這就是馬佐金(Н. П. Мацокин)的論文——"中國神話
中帝王與圖騰崇拜" ❺。文章不長,但頗值得注意。馬佐金是符
拉廸沃斯托克(海參崴)東方學院的高才生,早在 1910 ~ 1911
年就發表過一篇有價值的民族學論著❻,試圖根據漢、苗、傈傈、
蒙古、日本、朝鮮及其他民族的資料,揭示這些民族中母權制的
殘餘。他在 1918 年發表的一篇論文裏,注意到中國神話帝王相貌
的動物形特徵,從而推測,這與希臘古代神話中的圖騰概念殘存,
是同一類現象。

在蘇聯,直到六十年代才有論述中國神話的新著作問世。六
十年代,有蘇聯科學院東方研究所研究人員楊希娜(Э. М. Янши-
ина)、李謝維奇(И. С. Лисевич),以及在蘇聯科學院高爾基
世界文學研究所工作的筆者,同時對這個題目進行了研究。楊希

娜最初發表的文章，是談漢代畫像磚反映的古代神話形象問題。後來，她埋頭於《山海經》研究。其成果，是 1977 年這部對於研究中國古代神話有極為重要意義的文獻的俄文全譯本的出版❼，並附有她寫的前言。她在前言裏，追溯了《山海經》的研究史，一一探討了各國學者（中國和歐洲學者）在斷代、成書的"多層次性"及校勘、詮釋等問題上發表過的見解，並分析了該書的結構。儘管譯文在某些地方的準確性還值得商榷，但這個譯本有一個不容置疑的好處，即它附有份量很大而超出了傳統範圍的注釋，不單解說了神話詞彙，還對植物、礦物、地理名詞也做了解釋。

李謝維奇就學術界多次討論過的三皇五帝問題寫過一篇論文❽。後來他一步跨進了學術界一個前無古人的領域，把中國古代神話當作遠古時代與外星文明接觸的反映而加以解釋。李謝維奇試圖把黃帝、蚩尤等神話英雄解釋為外星人形象❾。筆者儘管對這一假說深感懷疑，但仍認為有義務提一下中國神話研究中的這個獨樹一幟的派別，它在若干國家的報刊上引起過一些反應。

筆者投入中國神話的研究，最初是為翻譯出版袁珂的《中國古代神話》和為這個譯本寫後記❿。這篇後記除了分析袁珂的神話學觀點外，還比較詳盡地述評了中國神話學的西、漢、日文研究論著。後記之後，附了一份中國和其他國家發表的有關中國神話的著作目錄（共 166 種）。嗣後，我在拙著《從神話到長篇小說》⓫一書中，對中國古代神話又做了進一步的研究。我從上面提到的馬佐金那篇文章裏，又從季羨林教授論四至六世紀正史裏

的帝王肖像一文裏 **⓬** ，得到了一個啓發，覺得仔細地考察一番中國古代神話英雄人物的形象，大有必要。在這本書裏，我試圖依據遠古的哲學及禮儀文獻以及中國神話研究中幾乎無人問津的緯書，揭示神話人物相貌的各個類型；探明文字肖像的形成過程；由靜態肖像描寫到多角度動態描寫的演變方式。

筆者對神話中的人類始祖伏羲和女媧的形象做了最詳盡的探討。通過這兩個名字的語源學考據，通過對某些簡古的肖像描述的探索，試圖展示出這兩個人物概念的演化過程，發掘出那些表明伏羲、女媧與圖騰動物——蛇（或龍）、鳥——的聯繫的最古老的外形特徵。筆者對照了他們的文字肖像和繪畫肖像，得出的結論是：文字肖像反映的伏羲、女媧概念與造型肖像反映的概念，僅是大體相符，許多細部是不一致的。如果說，在書面藝術中可以明顯看出這兩個人物的外貌由“動物形”向“動物人類形”進而向完全“人類形”的演變，那麼，在造型藝術中，這個過程顯然是比較複雜的，特別是後期的畫像磚（四至六世紀），出現了某種逆向而尚非徹底的動物形化，但在更晚的階段（七至八世紀吐魯番帛畫）則有了返回遠古的描繪形式的現象。筆者認爲伏羲、女媧人面人臂蛇身交纏的圖形，從時代上說，似乎反映着有文獻記述之前的神話發展的早期階段。筆者推斷，伏羲、女媧圖形的不同類型，是錯綜複雜的混合與轉化的結果，也是古代畫家利用現成的造型形式（如兩蛇交纏的遠古圖畫）和字形而加進了神話內容的結果。

在考察神農、黃帝及其後裔等神話人物的文字肖像時，筆者發現，英雄人物的肖像描繪，存在某種模式。人物身材“準確”

的標高（其人必是異常魁偉的）及面部器官詳細的描述（許多細部表明神話 "人祖" 與中國古代氏族圖騰龍的聯繫）是這個模式的固定成份。在肖像特徵中，" 龍顏具有特殊的地位 "。筆者推測，古時候 " 龍顏是指圖騰動物眉心處具有魔力的一點，在古代青銅器上，是用龍額上的一個菱形表示出來的 "。書中還談到若干神話人物下肢不分叉或殘缺的典型現象。筆者的看法是，這種 " 連生現象 " 或可解釋爲把初民視爲 " 尚未造好 " 的生物的那種遠古觀念的殘留。這類似澳大利亞土著神話中的形象；或可解釋爲 " 孿生子神話 " 的殘留。

書中對堯和舜的形貌也做了仔細的研究。筆者在堯的肖像中發現了把人君視爲禽形（或具有禽類特徵）的神祇的遠古觀念的殘留。後來，隨着人形觀念的發展，堯逐漸被描繪爲僅具有動物個別特徵（禽和龍的特徵兼而有之）的人類。在儒家的傳統中，堯的容貌又給加上一些與職務有關的後天特點（如由於辛勞導致的消瘦）。

研究者發現，舜的文字肖像裏，也有把他當作具有圖騰特徵的人類始祖的古老觀念痕迹。在有史時期，這個農人的形象在儒家學說中變成了一位理想的國君。筆者考察舜的輔臣（皋陶、獬豸）具有的動物形外貌時，推測在上古時代的傳說中，舜也可能被想像爲一種具有動物形狀的生物。

書中專門研究了傳說中的暴君桀的形象。最初的時候，桀似乎被描繪爲一個壯士，可能是獵人，具有典型的史詩英雄的特點。桀與圖騰女主——龍女——交合的傳說，可能是起源於該形象演化的上述遠古階段。他的性機能的強盛也可以認爲是史詩英雄的一種特徵（請與古代巴比倫英雄吉加美士的形象相對照）。形象演化的第二個階段，似乎產生了另一種觀念，認爲桀是一位具有雄偉的體力和俊美的外表的英雄，他的對手已不是猛獸，而是與他爲敵的人類。後來隨着倫理體係的形成，尤其是在大量利用遠古神話與傳說的古代儒家學說的形成過程中，桀的形象發生根本的變化：由一個桀驁不馴的英雄壯士變成了暴君的典型。筆者繼考察中國古代神話中的形象之後，進而對傳說及歷史中的人物形象以及平話和章回小說主人公的形象，進行了探究（這些留到下面再講）。在此以後，筆者又在兩卷本《世界各民族神話百科全書》（第一卷，莫斯科，1980；第二卷，1982）的許多條目裏，闡述了中國神話❸（包括古代、道教、佛教及晚期的民間神話）的各方面問題，試圖依據古代文獻以及現代中國、日本、歐洲的論著，表述出各類人物形象的特徵。

古小説史研究

談到中國古代小說史的研究，首先需要介紹一下研究先秦和兩漢作品的論著。在這方面，筆者撰寫的論《穆天子傳》的文章❹，是把它當作一部文學作品加以研究的。後來又寫了一篇論中國神話與小說發展過程的文章，其內容之一，是討論《山海經》的敍事結構以及這種結構與造型藝術的關係（為此引證了湖南出土的著名帛畫）。在蘇聯學術界，李謝維奇是研究先秦諸子利用民間文學問題的第一人❺。這裏所指，是古代作者如何擷取民間故事、諺語、歌謠，寫進自己的散文作品的。李謝維奇考證，中國中世紀古文作品中常用的文史典故，其前身應是"民間文學典故"。他首次查出古代寓言中有一些湯姆遜《引得》❶中收錄的普遍流傳的民間文學主題，從而證明這些寓言來源於民間文學。這篇文章還討論了中國古籍中包含的某些傳說取材於世界民間文學的問題（如幽王戲褒姒的傳說）。

李謝維奇在對寓言的進一步研究中，考察了《魏書》（《列傳》第八十九）所記"諸子弟折箭"的故事❶，把它和《伊索寓言》中一則相同的故事及其他（印度、西藏、蒙古、格魯吉亞、俄羅斯等民族的）類似的故事進行了比較以後，得出結論說，這個題材誕生於居住在南西伯利亞、北哈薩克斯坦和阿爾泰一帶的古代粟特人當中，而它最近的改編者則是列夫·托爾斯泰（《俄文讀本》第二冊）。

對公元後最初幾個世紀的寓言文學，從事過研究的還有古列維奇（И. Гуревич）。她是三、四世紀佛經翻譯語言的研究者和《百喻經》俄文全譯本的翻譯者。孟列夫（緬希科夫 Л. Меньшиков）為這個譯本撰寫了一篇文學理論性的前言❶。

古小説研究

在很長的時期內，漢、魏、六朝小說是蘇聯漢學界了解最少的領域。直到1958年才有第一篇論干寶《搜神記》的文章問世，作者是謝列布里亞科夫（Е. А. Серебряков）❶。他根據列寧格勒大學東方系圖書館收藏的兩種版本，即《津逮秘書》本二十卷和《稗海》本八卷，對這個作品進行了仔細的研究。過了不久，

《搜神記》和其他六朝小說最初的俄譯本就在蘇聯出現了。其譯者，一位是新近故去的吉施科夫（А. А. Тишков），另一位是帕納秀克（В. А. Панасюк）。1980 年又有一本新譯的內容更加豐富的一至六世紀小說集和讀者見面，書名爲《紫玉集》。

戈雷金娜（К. Голыкина）從七十年代起開始研究這種文學形式，並且明確了自己的側重面。她撰寫的《中世紀中國的短篇小說》（莫斯科，1980）一書，主要是研究成爲許多小說基礎的民間文學主題，以及這些主題在傳奇文學中的嬗變。她專門考察了六朝小說裏掠妻、配天仙、游水府等主題。這方面在一定意義上是繼續着日本學者的工作，但不同的是，戈雷金娜始終側重於探索民間文學主題在構成小說情節方面所起的作用。她指出，小說的情節與民間文學主題有時候是完全相符的，有時候因爲情節搬進了日常生活環境，民間文學主題便失去原來的意義，只構成小說情節中的一個因素。立足於蘇聯著名民間文學的研究者普羅普（В. Пропп）和梅列金斯基（Е. Мелетинский）的理論，戈雷金娜分析六朝小說中掠妻或掠女的主題時，揭示出這類小說的演變過程，小說怎麼樣逐漸包含了更多的日常生活內容，怎麼樣愈來愈遠地脫離了純民間文學的故事格局。她還指出了後來變成唐人及唐以後傳奇基礎的那些六朝小說的題材是如何形成的。

戈雷金娜寫這本書的原意，是總結她對明代瞿佑志怪小說《剪燈新話》的研究。但是她發現，如果不把前代傳奇文學也做一番研究，對明代傳奇的研究就不好着手。因此這本書裏，她只考察了瞿佑取材的那一部分三至六世紀小說。後來，在完成了論瞿佑及其前代傳統的著作以後，戈雷金娜又回過頭去專門研究六朝小說，寫成了另外一本書——《中世紀之前的中國散文（三至六世紀的神怪小說及小說起源問題）》，1983年出版。她在這本書裏比較詳盡地分析了以下各種問題：民間文學和神話中反映的公元初年中國人的世界觀以及這種世界觀對形成小說藝術境界所起的作用；六朝小說裏的冥府觀念；圖騰崇拜殘餘的反映；"前定"（事前注定）主題；古代禮俗（嫁娶，殯葬等）及其在題材形成中的作用；自然哲學和宗教觀念對六朝小說的影響以及三至六世紀小說中的人物形象❹。書中對中國小說藝術境界的形成，小說人物的體系，敍事的結構（包括對時空範疇的描寫），以及六朝小說在中國小說形成過程中的作用，也都一一做了闡發。

唐代傳奇研究

戈雷金娜在以闡述明代傳奇爲主的第一本書裏，自然也涉及了當時蘇聯學術界還很少研究的唐人傳奇。在她以前，研究唐代傳奇的只有兩篇副博士論文：波兹涅耶娃（Л.Позднеева）的"論《西廂記》題材兼論元稹《鶯鶯傳》"（寫於1946年，沒有發表）和索科洛娃（И.Соколова）的"論唐代傳奇"（1969年）。後者發表出來的，只有論元稹那篇傳奇文的部分。戈雷金娜當然也不是全面研究所有的唐人傳奇，而只選擇了那些擷取了民間文學主題的作品：掠妻（《補江總白猿傳》），遊水府（《柳毅傳》、《鄭德璘傳》、《張無頗傳》），娶仙女（《崔煒傳》、《任氏傳》、《周秦行記》等）。作者發現娶仙女的主題在唐代傳奇中有形形色色的變體。傳奇的特徵總的說來是情節的生活化，但唐代傳奇的內容也有許多是利用神話和民間故事的某些原始梗概改寫的，儘管沒有把它們整個的結構搬用過來（第123～124頁）。關於愛情題材在唐代傳奇中的發展等問題，戈雷金娜在書裏也發表了一些值得注意的見解。

雅洪托夫（С. Яхонтов）是蘇聯中國語言學家中之佼佼者，他曾以縝密的比較分析方法研究過唐代傳奇語言的特點。他的結論是：唐代傳奇的語言近於脫離了口語影響的古文，它不是以先秦典籍，而是以西漢典籍的語言爲標本 ❹。

筆者曾經研究過唐代傳奇的另一個問題，就是傳奇中的印度題材以及這些題材如何轉化的問題。我拿《枕中記》、《櫻桃青衣傳》的題材和《搜神記》、《幽明錄》中相應的故事做了對照，然後又和印度、蒙古、西藏、土耳其、西班牙、俄羅斯、日本等各民族古典和民間文學中同一題材的各種變體做比較，據此考證了印度題材在東西方文學發展中所起的作用 ❷。我還以《襄陽老叟》及魯班傳說比較古印度《五卷書》中的一則相同的故事，並且和這個題材的蒙古變體以及薄伽丘《十日談》中的鋪述進行了對比研究 ❸。我認爲這個題材產生於印度，淵源於某織匠乘坐其友人——一個能工巧匠——創造的木鳥飛往情人身邊的故事。

雜纂研究

我們知道，中國文學自唐代開始分爲兩大支脈，一支是文言文學，一支是用接近口語的語言即後來稱爲"白話"的語言寫作的文學。在唐代，接近口語的文學一方面是以李商隱的《雜纂》

為代表，另一方面就是敦煌變文。李商隱的《雜纂》引起了 O.
費什曼的注意，她在五十年代曾發表過該書的節譯。後來雜纂又
引起了齊別羅維奇（И. Циперович）的注意，她的副博士論文就
是以這一種罕見的文學樣式作為研究對象的，並且翻譯出版了李
商隱及十一至十九世紀八位續作者（從蘇軾到韋光黻和顧祿）的
雜纂集❷。齊別羅維奇繼續了魯迅開始的但在後來的中國學術著
作中未見深入進行的工作。齊別羅維奇不僅十分仔細地研究過日
本那波貞利和川口久雄的論著，而且考察了各種版本，如《說郛》
抄本，其中收錄的李商隱《雜纂》無論在數量和編排順序上，或
是在內容上，與別本都有差異。所以齊別羅維奇的工作對於這一
特殊文學樣式的研究，是個重要貢獻。

敦煌文獻研究

蘇聯對敦煌寫本的研究開始得很晚，是五十年代末才眞正着
手的，依據的資料是奧登堡（С. Ольденбург）1915年帶回來的卷
子。奧登堡率領的考察隊在敦煌工作了六個月，從中國返回的時
候，俄國已經加入了第一次世界大戰，在這以後又經歷了二月革
命和十月革命、國內戰爭、恢復時期。奧登堡本人在十月革命以
後仍任科學院學術秘書，同時代理科學院副院長的職務，到1929年，
因此對自己携回的材料不可能進行清理和研究。二十年代他只發
表了幾篇介紹敦煌的普及性文章❷，至於對敦煌石窟的詳細描述，
則僅完成了手稿。考古畫家兼攝影家杜金（С. Дудин，大畫家列
賓的學生）在敦煌考察期間拍攝的一千多張照片也沒有得到利用。

到了三十年代，東方學研究所研究員福魯格（К．К．Флуг）才着
手清理這些資料❷，但也僅僅完成了一小部分。1941 年列寧格勒
被圍困期間，福魯格不幸過早地去世了，這件工作也就隨之中斷。
敦煌資料清理工作的恢復是在 1957 年，當時有一批年輕的漢學家
動手編纂《亞洲民族研究所所藏敦煌寫本綜錄》（ 東方學研究所
一度改稱為亞洲民族研究所 ）。《綜錄》第一册收錄了殘卷1740
件，1963 年在莫斯科出版；第二册收錄了 1211 件（第1741～ 2951
號 ），出版於 1967 年❷。第二册的書末附有一篇孟列夫撰寫的討
論敦煌寫本斷代問題的文章，總結了列寧格勒敦煌寫本整理工作
的經驗。從 1957 年起，孟列夫就全力以赴地投入了敦煌學的研
究。

　　孟列夫從列寧格勒收藏的敦煌俗文學寫本裏發現了幾種變文
殘卷和若干民歌體的韻文作品。經他整理出版的《維摩碎金（ 維
摩詰經變文殘卷 ）》和《十吉祥》（ 莫斯科， 1963 ）、《雙恩記》
以及押座文，最近都在中國重印了❷。孟列夫出版的變文，每篇
都是全文影印，排除了對文字的辨認可能造成的錯誤，使得每個
研究者都能夠根據影印件勘考釋讀的正誤。他提供了變文的俄譯
文並且加了詳細的注釋。在我們看來，書後所附的那張 " 變文錯
別字表 " 也具有不容置疑的價值。劉復（ 半農 ）的俗字研究，取
材僅限於宋代以後，而上述附表提供的材料對於深入進行這方面
的研究，是更有用處的。

　　孟列夫每印出一種敦煌文獻，必定親自撰寫一篇詳盡的前
言。前言不僅討論文獻本身，而且每次都提出一兩個與變文體裁
有關的一般性問題。印行《維摩碎金》時，他提出了變文韻文部

分的韻律問題。在《雙恩記》的前言裏面,他談了變文的思想內容(佛教與孝道)、變文的結構等問題。目前孟列夫已經完成了《妙法蓮華經變文》兩個佚卷的整理工作,佚卷即將出版。他爲這本書寫的前言將提供有關變文講唱方式和講唱人的若干新資料。《雙恩記》和《妙法蓮華經變文》的印本裏都附有詞彙表。孟列夫根據這些資料在《蓮華經變文》的長篇前言中首次探討了變文詞彙的特點。他研究變文,一般是從版本學、古字體學、文學史幾個角度着眼,除了純文學問題之外,他對很少有人問津的古字體學也是抱着很大興趣的。例如不久以前他爲即將問世的《東方手抄書史論集》寫了一篇大塊文章,題目是"公元後一千年間的中國抄書業"。

還有一個人從事過敦煌寫本及早期刻本古字體學研究,那就是列寧格勒的女學者杰米多娃(М. Демидова)。她在1974年答辯通過的副博士論文——"作爲四世紀末至九世紀初中國文化遺存的敦煌書籍"裏面,劃分出敦煌書籍的三個發展階段(四世紀末至六世紀七十年代;六世紀八十年代至八世紀七十年代;八世紀八十年代至九世紀四十年代),並且考察了寫本的各種裝幀形式(卷子、散張、經折裝、"旋風裝"、册裝)。此外,她對列寧格勒敦煌藏品中的一部曆書殘本和《佛名經》殘本等早期刻本也做了描述。這位研究者根據古字體學資料(刻工、字體等),把刊刻的時間斷爲八世紀八十年代至九世紀四十年代之間❷。

除了孟列夫以外,另有幾位偶而研究過變文的漢學家。例如,克勞爾(И. Кроль)和熱洛霍夫采夫(А. Желоховцев)兩個人合寫過一篇題爲"論'變文'一詞的來源和含意"的文章(《亞非人民》雜誌，莫斯科，1976，第一期），評述了各家對這一個名詞的解釋（鄭振鐸、程毅中、關德棟、孫楷第、周紹良、伯希和、捷克學者赫德利奇科娃、日本學者），並且提出了自己的看法。他們認爲這個名詞並不是佛教界創造的，而是訓詁家首先使用的。最早見於司馬相如《上林賦》的郭璞注，後來多次出現在孔穎達、賈公彥、司馬貞等人的著述裏面，意思不過是"變化的文詞"。所以兩位作者說，敦煌文獻中這一體裁的名稱，是古已有之的。但在佛教講經活動中，這個名詞獲得了新的內涵，表示"以新的體裁對原有主題進行藝術改編。"

此外，還有前面提到的那位古列維奇發表了她新發現的佛本生變文三件殘文的譯文和有關的研究文章❸。鄭振鐸教授當年檢視列寧格勒敦煌藏品時，曾經把其中的一件揣定爲《佛出世變文》的一部分。古列維奇經過進一步的考據，斷定這段文字和宣講"善財童子"（《華嚴經・入法界品》）的經文比較接近❹。筆者對此作過比較，也有所論述❺。

目前孟列夫正編印一本從敦煌卷子裏輯錄❻的唐代詩人王梵志佚詩集。該詩集和中華書局1983年出版的張錫厚編《王梵志詩校輯》相比，多了從列寧格勒敦煌殘卷裏輯錄的六十首佚詩。孟列夫編的集子將附有全部佚詩的俄譯文以及注釋和研究論文，對王梵志在中國文學中的地位和在禪宗中的地位，都會詳加評說。

哈拉浩特文獻研究

近年來，由於孟列夫的多方努力，科茲洛夫（ П. Козлов ）

1909 年發現的西夏古城遺址哈拉浩特（蒙語，意為 " 黑城 "，即西夏的黑水城——譯者注）之寫本與書籍的清理、著錄工作終於逐步開展起來。目前準備出版的，有孟列夫編纂的《哈拉浩特中國文獻綜錄》。《綜錄》首次介紹了這批藏品中十一至十四世紀的全部漢文文獻（共計四百件以上）。書前冠以孟列夫撰寫的長文 " 西夏國漢文文獻 "，論及漢文文獻在西夏國的巨大作用。從這批書籍裏面發現了不少稀世的孤本，如十二世紀上半期的佛教經籍《智理》、《夾頌心經》，今佚的宋代諧文集《新雕文酒清話》刻本（存五至九卷），每頁十五行，每行二十七～二十九字，內容提到陳大卿、白行簡、安鴻漸等人的作品（參見《哈拉浩特中國文獻綜錄》第 304 頁， 276 號）。此外還有佚名作者的詩文等。鑒於許多刻本都有插圖，孟列夫為此撰寫了一篇題為 " 哈拉浩特中國書籍插圖 " 的文章，並且把原畫複製出來，發表在《哈拉浩特·研究與資料》裏面，這本書現在已經付印了。

人們知道，哈拉浩特存書的主要部分是西夏文典籍，其中與本文題目有關因而必須提到的，是一部現已失傳的唐代小說集《類林》的西夏文譯本。這本書經過凱平（ K·Кепинг ）整理，已經於1983年在莫斯科出版了（原文影印發表，附部分俄譯文和一篇研究文章）❸。這個文獻的發表，我想會給中國小說史的研究提供一些新的資料的。

宋代傳奇與話本研究

蘇聯學者對宋代散文的研究顯然還是不夠的。1937 年瓦西里耶夫（Б. А. Васильев ，王希禮）寫過一篇介紹宋代小說的文章，還選譯了幾篇筆記小說，這是向蘇聯讀者介紹這類作品的第一次嘗試。可惜的是這篇文章並沒有能和讀者見面。整整過了四十年，才有人重新拿起這個題目來。

　　前面提到過的戈雷金娜寫的那本1980年出版的論傳奇的專著，對劉斧的《青瑣高議》進行過研究❸。筆者為將在基輔出版的宋代傳奇話本集撰寫的前言，就宋代傳奇問題也發表了一些淺見。熱洛霍夫采夫寫過題為"論傳奇與話本兩種體裁的相互關係"（《亞非人民》雜誌，1964，第 3 期）的文章，不過所談的主要是唐代傳奇。關於宋代話本，熱洛霍夫采夫不僅寫過論文，而且完成了一本專著，那就是《話本——中世紀中國的市民小說》（莫斯科，1969）。這本書對宋代"說話"的各家，以及各家後來的演變，做了新的闡發，並且詳細地討論了羅燁對話本的分類。為了找出宋代話本體裁的特點，熱洛霍夫采夫拿話本的主題和自變文以來其他體裁裏面近似的主題，逐一地做了對比。例如，拿《秋胡變文》和《金玉奴棒打薄情郎》做了比較。他認為《盧山遠公傳》這篇小說最接近於話本；他考察了《李陵變文》和講李陵祖父李廣故事的話本以後，指出兩個作品之間存在着一定的藝術繼承關係。至於話本與傳奇之間的關係，熱洛霍夫采夫既考察了取材於唐人傳奇的話本（例如根據李復言傳奇撰寫的話本《杜子春傳》），也探討了個別已經是根據民間故事改編的晚明傳奇。這本書裏面對話本與筆記之間的相互關係問題，也有所論述；一方面根據話本與洪邁《夷堅志》的比較，另一方面根據對馮夢龍《情史》的分析，發現了筆記對話本的影響，也看到話本題材怎樣反過來影響筆記。書中有一章專談話本與後來的擬話本的關係，有助於理解話本體裁的演變規律。

這本書裏還有對《碾玉觀音》、《金主亮荒淫》等話本的文學分析。作者提出了一種假說，用來解釋話本從簡略記錄發展爲供廣大讀者閱讀的完整而細膩的文學作品的過程。他還指出那時使用的名稱不是話本，而是今天已被遺忘的名稱 " 話文 "，意思是從說話人口中全文記錄下來的作品。

熱洛霍夫采夫在該書最後一部分把話本和俄羅斯的 " 薩瓦 · 格魯岑故事 " 做了類型學比較，認爲兩者屬於同一類型。當然，與俄國作品題材相似的中國作品 " 張孝基陳留認父 "（《醒世恒言》第十七卷）在文學水平上是遠遠勝過前者的。同時他又認爲，話本與義大利文藝復興時期的短篇小說，在類型上是不接近的。對於這個問題，捷克的普實克和美國的韓南，都做過研究。

總之，讀了這本不太厚的書，可以大體上知道，什麼是話本，它有什麼特點，以及它的起源和演變過程。

平話與詩話研究

蘇聯學者對於中國文學的民間源泉懷着特別濃厚的興趣。這表現在他們對中國長篇小說起源問題的密切關注，也表現在對宋元平話的熱心研究。1969 年，作爲抛磚引玉，筆者發表了一篇題爲 " 《武王伐紂平話》——中國民間讀物的標本 " 的論文❸。文中提出一個觀點，認爲平話就是西方和俄國稱爲 " 民間讀物 "（ Volksbucher ）的中國變體。

《三國志平話》

　　筆者在論述《三國演義》與民間文學傳統關係的一本書裏面❸，細心地研究了《三國志平話》。我為了分析這類作品，專門制定了一個提綱，內容包括：作品的思想基礎——佛教思想，三教合一論的反映，民間世界觀的因素；與民間史詩的關係——史詩的主題，史詩的情節；人物描寫的特點——主人公的外貌、情緒、行動的描述，內心思想的描述，人物的語言；平話的敘事組織——時間的表達（ 說話人時間的插入 ），"說話"的特殊述事方式在平話中的搬用，段落結構，敘述人物行動的方法（ 平話中敘述人物的行動，直陳多於描寫 ），情節之間的聯繫（ 彼此不一定存在邏輯的聯繫 ），各類夾雜文字在敘事文中的作用（ 書信、命令、歌謠、詩詞等 ）❸。這本書裏也論及了平話和元曲的關係。

　　筆者在拙著《從神話到長篇小說》裏面，對《三國志平話》又做了進一步的探討，同時還研究了今存的另外幾種平話裏面人物外表的描繪方法。我的結論是：平話人物的肖像，有一套按一定順序分門別類地進行描繪的公式。人物的外貌特徵，必定補充以裝束、兵器、坐騎、嗓音的描寫。平話中的肖像描述永遠是一些類似（ 如果不是相同 ）成分的不同組合與配置。有時候形貌描寫完全被華貴的服裝和兵器的描寫所取代。主人公的肖像一般是在他作戰上陣的時候提供的。它來源於口頭講說的靜態描寫。在平話裏面也出現了所謂"情態肖像"的萌芽，即不再是脫離時間和空間對主人公做一般的描繪，而是在特定的往往是對主人公不

利（ 如戰敗 ）的情景中，在憤怒或恐懼之類的狀態中對他進行描
繪。平話中對女主人公肖像的描寫，和“說話”的關係不如和書
面文學的關係密切，比較接近於詩歌。當然，有關女性美的比喻，
在口頭和書面文學傳統裏面可能是相同的。

《新編五代史平話》

　　列寧格勒女漢學家巴甫洛夫斯卡婭（ Л. К. Павловская ）圍
繞她長期研究的課題——《新編五代史平話》發表過不少文章。
目前她有一部專著已經交給科學出版社東方文獻總編室出版。書
中包括《新編五代史平話》的俄譯文（ 據我們所知，這個作品以
前還沒有譯成過別國文字 ）、對譯文的注釋和一篇很長的論文。
　　巴甫洛夫斯卡婭給平話這種體裁下的定義和筆者不同。她認
爲平話不是“民間讀物”，而是“民間歷史長篇小說”。筆者對
此不敢苟同，因爲這樣一來，就不知道該把反映同一題材但在描
寫上代表一個新階段的《殘唐五代史》放在什麼位置上了。反之，
如果把平話看作是“民間讀物”，那麼在它的基礎上產生書面史
詩和長篇小說，就順理成章了，這和我們在西方文學史裏面看到
的情形是相似的。
　　這位漢學家研究這部作品主要是用校勘學的方法。她拿平話
的全文和各類史籍的文字進行對照，從而查明了這個作品有哪些
文字是從史書裏擷取的（ 百分之九十取自《資治通鑑》，百分之
十取自《舊五代史》和《新五代史》）。巴甫洛夫斯卡婭把平話
抄掇史書詞句的方式分爲四種：一、全文過錄（ 或略作刪節，省
去姓名、官職、封衛、日期等 ）；二、節錄概要，這是最常見的

方式；三、綴合數種史書的文詞——以斷代史資料補通史之不足；四、平話作者對所抄綴的資料加以補充（吸取民間文學素材）和加工。

據她考察，不論用哪種方式，平話作者對抄綴的材料，不僅考慮事實的取捨和敍述的詳略，而且總是重新鋪排組合，夾敍夾議，給事件以新的含意，因而往往脫離了史書的記載。不過在《五代史平話》裏面，這類虛構情節基本上只涉及次要人物。

巴甫洛夫斯卡婭認為《新編五代史平話》的依據可能是《資治通鑑》的兩個宋代版本，因此可以推測它成書的時間當是十三世紀六、七十年代。她還專門考辨了《平話》裏面收入的各類官方文書（共約七十件），查明大部分的文書與原件都有差異。可見即使在這方面也有平話作者本人的編寫創作以及足以亂真的杜撰。

這位研究者發現《平話》的結構可以分為兩個層次。一層是以作者本人的口吻按起始本末（朝代——人物）講故事，另一層是編年史的內容（歷史背景）。兩者的結合使《平話》在傳述史實方面出現一個特點，即同一史實往往在不同地方重複出現。與主人公有關的主要事實，在講述朝代史的地方介紹得最為完整和詳盡。

她認為《五代史平話》裏面，"入話"的功能擴大了。作者在史書記載的事件範圍之外加進了一個引子，以觸發正文情節的開展，引子表明主人公非同尋常，該主人公的出現和行為都是上天預先決定的。引子的結構和情節由作者自行構思，它推動取材史書的情節的發展。

在把歷史事實變成藝術事實的過程中，《平話》作者採取了一種有效的手法，研究者稱之爲"集中手法"，即把時間、空間、人物集中起來，縮小人物的圈子，主題和主要線索交代得更有目的性、更生動。這樣使得歷史事實在一定程度上變得具有概括性，失去部分歷史的具體性，從而獲得新的邏輯、新的動機和新的特徵。《五代史平話》的作者在對歷史事實進行加工的過程中，往往脫離了史實，創造新的、虛構的事實和插曲，把基本上屬於歷史的素材變成了文學的素材。從"說話"藝術中接受過來的敍事組織手法，對此也起着一定的作用。

巴甫洛夫斯卡婭認爲，這部作品裏若干歷史事實的鋪陳顯示出作者的特殊用意。例如，抵禦外侮和精忠報國的主題佔據了突出的地位，言詞尤爲激切，這一點是很引人注目的。作者顯然想通過對歷史事件的敷衍和評論表明自己對當前國事的看法。

《大唐三藏取經詩話》

完成了關於《新編五代史平話》的論著之後，巴甫洛夫斯卡婭着手研究與平話體裁十分接近的同一時代作品《大唐三藏取經詩話》。她將這個作品譯成俄文並從思想內容、史料來源以及人物塑造特點等方面進行了深入細緻的研究，巴甫洛夫斯卡婭把《詩話》和慧立撰、彥琮續《大唐慈恩寺三藏法師傳》做了對照以後，斷定《詩話》的敍述完全脫離了史實，著名旅行家和翻譯家玄奘的形象顯然失去了英雄的色彩。在《詩話》裏面，重心轉移到取經本身，取經變成了玄奘一生中唯一的事業。作品闡明了取經的思想和社會的依據，而玄奘本人則僅僅是皇帝旨意的執行者而已。巴甫洛夫斯卡婭因而認爲《詩話》相當明確地表現出儒家倫理觀念的影響。研究者分析了《詩話》裏面的地名以後，指出其中除了傳說的和虛構的國名（女人國、鬼子母國、西王母池）以外，也使用了一些見於玄奘《西域記》的地名。關於若干地理名詞，她提供了一些值得注意的看法。例如：她認爲玄奘神奇地取得經書的竺國城，就是那爛陀寺院；認爲《詩話》裏沒有具體指名的中國京城，就是北宋首都汴梁。這就再次證實了某些中國學者關於此書成書於北宋的判斷。巴甫洛夫斯卡婭還探索了玄奘取經途中經歷的“藝術空間”，按地理界線把故事發展劃分爲三個主要階段，即開始階段；依賴具有多聞天王法力的猴行者沿途克服艱難險阻的階段；在天竺國極樂世界遨遊的階段。研究者闡明《詩話》的敍事基本上是依照“空間──時間”的原則，此中可以窺見《法師傳》的影響。《法師傳》的故事性水平遠在玄奘《西域記》之上，《詩話》的敍事手法與模式正是從《法師傳》裏面借鑒來的。巴甫洛夫斯卡婭對《詩話》的藝術手段也做了研究，主要涉及它的往往有韻並且充滿排偶句子的散文部分。作品中最常用的譬喻，是借喻和提喻。研究者統計，人物的直接引語佔全文的百分之六、七十，它們起到推動情節發展和提供大量信息的作用。巴甫洛夫斯卡婭從中看到《詩話》與戲劇之間也有一定的密切聯繫。

　　巴甫洛夫斯卡婭在分析玄奘和猴行者這兩個主要人物時，揭示出他們不同的本質：玄奘是一個凡人和“潛在的”神仙（因而兼有儒、釋兩種互爲補充的因素）；猴行者則單純是一個猴子的形象，是主人公的神通廣大的助手，代表着與邪惡勢力鬥爭的善良

力量。巴甫洛夫斯卡婭贊同某些學者認爲猴行者形象來源於《羅
摩衍那》的意見，因爲他在《詩話》中的作用和地位與印度古代
史詩中哈奴曼神猴是相似的。因爲有了一個猴行者的形象，才使
取經故事變成了具有鮮明的娛樂功能的民間文學作品。英國學者
達布里奇（ G. Dadbridge ）把《詩話》作爲吳承恩《西遊記》
的來源之一進行過研究。幾位日本學者也探討過這部作品的若干
問題。巴甫洛夫斯卡婭和他們不同的是把《詩話》當作單獨作品
專門研究，寫出了一部全面論述其思想、結構和藝術特色的著作。

至於一定意義上與平話接近的作品，有筆者研究的《宣和遺
事》。我主要討論了這個話本的敍事結構，是把它當作《水滸
傳》某些章回的原型來看的 ❸ 。

筆者於1954年曾經在中亞東幹人（ 甘肅回族的後裔 ）當中記
錄下一些薛仁貴傳說。我把這些傳說和很少有人留意的《薛仁貴
征遼事略平話》以及章回小說《薛仁貴征東》放在一起做過一番
比較分析 ❹ 。

章回小說研究

《三國演義》

談到蘇聯漢學界對中國古代長篇小說的研究，不得不再次提
到筆者撰寫的關於《三國演義》的那本書。那本書的副標題叫做
《三國故事的各種口頭與書面材料》，可見它的側重面是研究《三
國演義》與作爲它前身的民間傳說之間的關係。該書很大一部分
是談小說的源流。從陳壽《三國志》到《三國志平話》和元曲，

以至羅貫中巨著直接影響下產生的後期民間文學，即評書、評彈等口頭作品，都詳盡地作了討論。對於《三國演義》本身的評論是放在該書的中間部分，但並不是該書的中心內容。對這部小說的分析，是從以下幾個角度進行的：羅貫中的思想，創作方法，書面文學作品《三國演義》的特色。談得最細的是羅貫中的創作方法問題。爲了盡量考察得具體，筆者選用了“連環計”（第八、九回）這一個情節，把它細分爲十四個相對獨立的片段。每個片段都和史籍、平話、戲曲加以對照研究。結果表明，十四個片段當中，五個完全取材於史書，三個是戲曲片段與講史小說的揉合，一個是受戲曲的啓發，兩個是受戲曲和平話的啓發，但似乎以戲曲爲主。只有三個片段是出於羅貫中本人的構思（極爲關鍵的“三角戀愛”幾方人物的初會；李儒的兩次勸諫，通過李儒之口表達了對事態的典型儒家觀點）。根據傳統素材與個人創作成分之間形成的這種比例，筆者得出結論，認爲中世紀作家羅貫中不是像現代作家那樣創作自己的作品，而是利用現成的情節“印模”（有時也利用現成的修辭“印模”）編排自己的作品。羅貫中的創作明顯受到編年史傳統的影響，旣力圖模仿《資治通鑑》的循序敍事的方法，又部分地模仿歷史散文的風格。羅貫中竭力充分利用史書提供的實事，將紀傳與編年史書中的大段文字，主要是主人公的言詞，搬進演義。而爲了增強故事性，羅貫中把從史書中得來的情節和矛盾衝突加以重新組織，試圖把相關的情節聯綴爲一條脈絡，而在歷史文獻中則完全不必存在這種聯繫。依照藝術形象發展的邏輯，某些歷史人物的行爲被搬到某一情節所需的另一些人物的身上。羅貫中從藝術創作的需要出發，常常變換或新創一些將歷史事實納入小說機體的方法，這一點也是很值得注意的。小說作者力圖把史料與民間文學傳統融合成一體，按照他本人濃厚的儒家觀點明顯地改變着主人公的行爲動機以及人物之間的相互關係。以上就是筆者在專論長篇小說《三國演義》的那一部分裏面得出的結論。對於這部文學珍品，筆者後來仍繼續進行過研究，發表了一篇討論《三國演義》文學風格的專文❹。文中分析了羅貫中重複採用的各類成語，指出從俗文學和從古文中汲取的語言形象在書中經常是結合在一起的，也就是說俗與雅是經常結合在一起的。關於俗與雅的問題，在上面談到的那本專著裏面，筆者曾從題材成分的角度進行過討論。最近筆者又就《三國演義》的一個藝術問題即"類推法"的作用問題發表了一篇文章❷。我參考毛宗崗的評語，試圖說明《演義》中類比推論原則的重要作用以及中國論者與讀者對這一原則的重視。我認爲類推思維是中國藝術思維的一大特點。《三國演義》另一方面的問題，在前面提到的《從神話到長篇小說》那本書裏也得到反映。該書有整整一章（從 268 頁到 296 頁）是對各個主人公肖像描寫的詳細分析。它指出《三國演義》的肖像描寫基本上是因襲平話，上承口頭講史。但其中同時可以見到"情態"肖像描寫得到進一步的發展，徹底突破了人物外表是先天生就的定見。肖像"情態性"的加強，意味着出現了主人公形象多側面塑造的新手法的萌芽，這已經是新型文學的特徵了。

在這本論《三國演義》專著的研究《演義》與民間說唱傳統關係的部分裏，對傳統評話藝術（揚州評話，蘇州評話，北京評書）的研究佔了相當大的篇幅。筆者設計了一個很特別的辦法，那就是根據對人物具體舉止的描繪方式來研究這類作品。筆者拿《演義》中的一段（第四回的開端卽諸葛亮見周瑜）與揚州藝人康重華、蘇州藝人唐耿良、陸躍良的評話段子比較，斷定評話是以《演義》爲藍本的，但在從《演義》返回口頭說講的過程中，作品結構再次發生改變。若干單獨的段落重新被捏合爲聯貫的故事；《演義》中的一些過場則往往被敷衍成爲獨立的短篇。同時由於口頭講說的特點——描寫性的加強，間接引語及人物內心描繪的增多，插敍和插白的頻繁應用等等——作品的篇幅也大大膨脹起來。說書人採取把人物的舉止詳細分解的方法或以詩詞賦贊加以點綴的方法，達到講史平話中典型的拖長情節的發展的效果。筆者以爲，在晚期評書裏面，講史因素重新擡頭了，講史的主題和情節以及 "常套" (loci communes) 式的靜態描述方法開始發揮主要作用，可以推斷，流傳至今的傳統說唱文學大量保存着宋元話本出現以前的 "說話" 的特點。筆者以此爲根據，論證了一個中心思想，卽中國傳統的口頭文學和書面文學一向是互相作用的；不單口頭文學傳統一貫影響着書面文學，而且後者也反過來影響前者。

《水滸傳》

中世紀中國出現的長篇小說受到蘇聯學術界重視的，還有《水滸傳》❸。列寧格勒大學講師龐英（ Пан Ин ）1973年完成了討論這部作品的學位論文，以後又發表了幾篇文章。龐英在一篇文章裏提供了若干補充的證據（語法特點、地名等等）支持鄭振鐸的觀點，卽認爲有關征田虎、王慶的兩回（第九十三回和第

一百一十四回前部）是《水滸傳》原本中沒有的。他認爲征遼情節
（第八十三至第八十九回）在最早的本子裏就有，並提出了他的
論據❹。在一篇標題爲" 論施耐庵《水滸傳》裏的 ‘忠’ 和 ‘義’ "的
論文裏❺，他闡發了這樣的看法："忠"反映着儒家觀念，" 義"
反映着墨家的思想。

　　筆者在一篇題爲" 中國長篇小說的形成 "的論文裏❻，也談
到過《水滸傳》。這篇文章把從" 民間讀物"（《 大宋宣和遺
事 》）到英雄史詩（《 水滸傳 》）進而到長篇小說（《 金瓶梅 》）
的整個發展過程，做了一個縱的敍述。比較了《 宣和遺事 》和
《 水滸傳 》裏的楊志和宋江的形象，發現兩者在人物塑造上的不
同原則。介紹了《 宣和遺事 》的簡略記述怎樣在《 水滸傳 》裏變
成了有血有肉的藝術描寫。這篇文章還以武松爲實例，討論了由
《 水滸傳 》過渡到《 金瓶梅詞話 》的問題。

《西遊記》

　　1981年去世的羅加喬夫教授圍繞明代長篇小說吳承恩《西遊
記》問題，發表過一系列論文❼。他和科洛科洛夫教授（В.Коло-
колов）合作，把這部巨著譯成了俄文。1984 年又出版了羅加喬夫
教授的一本不太厚的遺著《吳承恩及其〈 西遊記 〉》（ 莫斯科，
科學出版社東方文獻總編室 ）。這本書詳述了吳承恩的生平，追
溯了《 西遊記 》題材的來龍去脈，從《大唐慈恩寺三藏法師傳》
和《三藏取經詩話 》談到楊訥《 西遊記 》雜劇以及小說依據的其
他材料。書內有一部分專門分析玄奘、孫悟空和豬八戒這三個主
要人物的形象。但是最值得注意的，我覺得還是談《 西遊記 》藝

術特點的那一部分。羅加喬夫認爲《西遊記》屬於"長篇小說——史詩"（роман-эпос）的類型，兼有二者的特徵。他給小說劃分出三個結構層次：第一層是敍事性的，描述取經途中的一連串插曲；第二層是說理性的，說明八十一難的緣由；第三層是神秘主義的，不僅說明個別插曲的緣由，而且說明整個故事和各個人物命運總的來由（第68～69頁）。羅加喬夫認爲《西遊記》裏面的每一個插曲實際上都可以歸結爲"障礙——克服"這樣一個簡單的公式，但是小說作者以罕見的文學技巧把這個公式變得十分繁複了。羅加喬夫還談論了詩詞在《西遊記》中的作用，認爲小說中夾雜的詩詞起着散文體裁無法擔負的極爲重要的功能（第89頁）。他對吳承恩的修辭手法（重複、對比、提示、提問等）也闡述了一些有趣的見解。

最近幾年對《西遊記》進行過深入研究的是尼科里斯卡婭（С. Никольская）。她完成的學位論文題爲"《西遊記》中的現實與幻想"，說這是一部具有神魔小說形式和哲學內容的社會揭露性質的作品。尼科里斯卡婭分析了小說的題材、時空結構和形象體系之後，指出在幻想的故事後面隱藏着怎樣的現實生活。她認爲這部情節與結構都十分嚴謹的小說的主題是塑造作者所處的時代中的人。研究者斷言吳承恩提出了一個尋求眞理以及善惡鬥爭的問題。同時她又說明，吳承恩解決這些問題的方式不是正面的，而是通過隱喩、象徵，借助於從釋道兩家及其他古代自然哲學（如五行學說）中汲取的藝術手段進行的。尼科里斯卡婭以爲五個主人公各自代表人的五蘊之一（色、受、想、行、識），五類合一，在讀者意念中便可呈現人的集合形象。學位論文中還提出這樣一個論斷：吳承恩在描述人尋求眞理的途程時，密切地注視着明代中國現實中大量的禍國殃民的黑暗現象，因此他筆下的生活環境是極不和諧的，這樣的環境造成人性本身的不和諧。尼科里斯卡婭指出吳承恩探取把取經題材非世俗化的辦法，在幻想故事的外衣下，描繪了他生活在其中的社會。

《西洋記》和《封神演義》

包列夫斯卡婭（Н. Боревская）1970年以研究“羅懋登《三寶太監西洋記通俗演義》”而獲得副博士學位，以後又發表過一系列有關的文章。她大量引證了歐洲文學中類型相近的作品——反映遠洋航行和地理發現時代的長篇小說，來和《西洋記》做對比研究。最令人感興趣的，是和葡萄牙詩人卡蒙恩斯的著名長詩《魯西亞德》做的比較⑭。從這些比較裏，人們可以看到，不同世界發生接觸的時代在歐亞文學的發展中引起了哪些共同的過程。隨着長篇旅行小說的出現，一些新的生活側面（海港和船塢的情景，遙遠民族的風習）進入了各種文學作品。包列夫斯卡婭與某些早期中國文學理論家的意見相反，她覺得脫離史實與文獻（包括鄭和隨行人員的記事）並不是這位十六世紀作家的缺點，而是表明他在爭取對史實進行藝術概括的權力。

魯迅、向達、趙景深等人認爲羅懋登的作品有一個極可貴的地方，那就是它保存了流行於十六世紀口頭與書面市民文學中的大量故事，包列夫斯卡婭把它們和其他形式的故事（傳聞、行傳、小說等）進行過比較以後發現，演義作者給這些故事注入了新的含意。這類俚俗傳聞使傳統的主角——將帥——顯得滑稽可笑，而新的主角——來自民間的人物、普通水手——變成了英雄❹。
她還研究過這部演義其他方面的問題，如羅懋登對冥界的描寫具
有哪些特點等等❺。

　　繼《西洋記》之後，包列夫斯卡婭着手對《封神演義》進行
研究。在"《封神演義》中的信仰與反叛"一文裏面❺，她說小
說作者訴諸神魔故事和形象，是爲了推翻舊的儒家倫理規範。她
在另一篇文章裏以《西洋記》和《封神演義》爲例，分析了十六
——十七世紀長篇小說裏的喜劇因素，文章說明，長篇小說的作
者們從民間笑話裏吸收了喜劇的因素，並且使它們成爲十六至十
七世紀英雄小說中佔有重要地位的必不可少的成分❺。

　　筆者對《封神演義》也有所涉及，我曾把蒙古說唱段子《哪吒
出世》的紀錄和《封神演義》的文字（第十二～十四回）做過對照❺。

《金瓶梅詞話》

　　晚明長篇小說《金瓶梅詞話》曾是馬努辛（В. Манухин）研
究的課題。他在 1964 年答辯副博士論文的題目就叫做" 社會揭露
小說《金瓶梅》——從傳統到革新 "。他也是《金瓶梅詞話》
（莫斯科，1977，第1、2卷）的俄譯者。可惜的是馬努辛在有
生之年僅僅發表了討論這部作品的幾篇文章。他有一篇論文專談
《金瓶梅》的作者問題❺。他推測" 蘭陵笑笑生 "的" 蘭陵 "二
字應是" 酒徒 "的意思，因爲在中世紀中國人的概念裏，蘭陵這
個地名往往使人想起李白的詩句" 蘭陵美酒鬱金香 "和十五世紀
邵璨的戲曲《香囊記》。另兩篇文章，一是談中國傳統的文學批
評對這部小說的評論❺，一是討論《金瓶梅》的人物塑造問題❺。

由於馬努辛未來得及為《金瓶梅》俄譯本作序便離開人世，出版
社委託筆者代寫，於是我就寫了一篇前言，並且為小說作了注釋。
前言和注釋着重闡明各類象徵和隱喻的含意，以及古代中國的生
活習慣，還指出了平話的口頭說講方式對小說的影響。這篇前言
的基本內容，在石公寫的評介文章" 蘇聯出版《金瓶梅》"裏面
做了介紹（見《蘇聯文學》雜誌，北京，1981年第 1 期）。

　　蘇聯學術界研究過的晚明小說還有以下幾種：周游的《開闢
衍繹通俗志傳》、鍾惺的《夏朝演義》，重點是探討小說對古代
神話形象的利用❺；《英烈傳》是謝爾蓋耶夫（A. П. Сергеев）
研究的課題；《說唐》和《薛仁貴征東》是筆者在研究東干族和
蒙古族說唱藝人的節目時曾涉及的兩部作品。

明代傳奇研究

　　前面已經講到，戈雷金娜對明代傳奇瞿佑《剪燈新話》做過
細心的研究，也部分地分析過它的續編李昌祺的《剪燈餘話》。
她的專著《中國中世紀短篇小說》探討的範圍包括以下所些問
題：民間文學主題（遊水府，娶仙女）的轉化，情節鋪陳的特點，
主人公及其環境，傳奇的思想內容和作者本人思想（經常屬於佛
教思想）的表現方式，傳奇故事與明代具體事件的關係等等。那
裏面有一章特別值得注意，因為它具有獨創的意義。此章所談的
是瞿佑小說對朝鮮小說（金時習《金鰲新話》）、越南小說（阮
嶼《傳奇漫錄》）以及日本小說（上田秋成《雨月物語》）的影
響。戈雷金娜對這些作品進行了認真比較以後得出的結論是：遠

東各國以及越南的短篇小說，是在業已成熟了的中國傳奇體裁的基礎上形成的；傳奇體裁成爲該地區各國文學共有的體裁。然而瞿佑的各國追隨者都努力使借用來的題材民族化（把故事搬進本國的環境，相應地改變主人公的民族屬性）。戈雷金娜還指出在朝鮮、日本、越南作者的筆下傳奇體裁的某些特點發生了變化，同時還指出了這些使用漢文語彙寫作的作品許多文詞上的一致。

華克生（ Д. Воскресенский ，沃斯克列辛斯基）也研究過瞿佑的傳奇，他的論文"古代作者對情節與文字的加工"❺⑧裏指出凌濛初平話"大姊魂遊完宿願，小姨病起續前緣"（《初刻拍案驚奇》卷二十三）取材於瞿佑的傳奇《金鳳釵》，但經過改寫，達到了一個新的藝術境界。

明代擬話本研究

令人感到極大興趣的明代話本早已是華克生的研究領域。他發表過大量論述這一樣式作品及其不同"亞種"作品的文章。有兩篇是專論公案小說的❺⑨。第一篇試圖把公案小說從六朝（《搜神記》）到包公小說（《包公案》）的發展勾勒出一個大致的輪廓；對羅燁有關話本的著述中提供的材料做了一些分析。華克生以"十五貫戲言成巧禍""靑樓市探人踪，紅花場假鬧鬼"（《二刻拍案驚奇》卷四）爲標本，詳細分析了這一類型作品的結構以及和話本的其他"亞種"比較起來在人物塑造上有哪些特點。另一篇論文以公案小說中的描寫爲依據，並且徵引若干原始文獻（古代案例，正史中的記載），描出了一幅舊中國公堂折獄的

圖畫。文章分爲 " 司法機關的設置 "、" 司法職能的行使 "、" 小
說中描寫的案情 " 以及 " 公案小說中的報應思想 " 等幾節。最後
一節對於往往在小說結尾定讞懲凶時表現出的濃厚的因果報應觀
念進行了剖析。作者公正地強調，這類話本在佛教因果報應思想
的基礎上實現着對社會的批判、揭露和諷刺。褒貶分明的禍福報
應觀念促成了作品的勸善懲惡的傾向。

　　華克生對其他類別的話本，如描寫市井無賴的作品，也做過
研究⑩。他指出，早期小說中令作者和讀者均感厭惡的歹徒形
象，在晚期話本中變成了懶龍（《二刻拍案驚奇》卷三十九）或
宋四公（《古今小說》第三十六卷）式的悍勇詭黠人物。從類型
學上說，他們近似西方（如西班牙）小說或印度、波斯等東方中
世紀文學中的流浪漢和騙子。作者在另一篇論文裏又從藝術表現
手法的角度，討論了這一主題。他拿《宋四公大鬧禁魂張》作例
子，考察了話本中的 " 滑稽模仿 "（ burlesque ）和鬧劇的成分
⑪。華克生寫道，這類作品使用的典型的表現手法可以歸納爲：
有大量與內容不相關的敍事性插曲，事態發展的急劇轉折，以荒
誕詭奇取勝的創作意圖。

　　華克生還研究過話本其他方面的許多問題，如釋道思想的作
用問題。他以凌濛初（《二刻拍案驚奇》卷十九 " 田舍翁時時經
理，牧童兒夜夜尊榮 "）和馮夢龍（《警世通言》第二卷 " 莊子
休鼓盆成大道 "）的作品爲實例，研究了話本中生活與夢幻的主
題。這些作品的這個特點是被道家的生死觀、醒夢觀的影響而決
定的⑫。華克生對馮夢龍的一組描寫和尚的小說（ " 月明和尚度
翠柳 "、" 明悟禪師趕五戒 "、" 佛印師四調琴娘 "）進行分析

以後的結論是："浸透在作品藝術機體中的佛教思想,與整個藝術素材結合成了有機的統一體,構成其詩學的一部分。"❸但是馮夢龍等作者並不是進行赤裸裸的宗教說教,作品的藝術情節把宗教思想擠到了一邊,只讓它在整個思想藝術結構中佔據一個雖然重要但有一定限度的地位。關於話本中尋求"樂土"的主題,華克生也有一篇和上述相仿性質的文章❸。他通過對馮夢龍的"張古老種瓜娶文女"和"李道人獨步雲門"的剖析,論述了關於神仙洞府中安樂生活的傳統觀念,同時指出這個思想在陳忱的長篇小說《水滸後傳》中得到了新的發展。

明末清初文學研究

在論明末清初文化中的民主傾向一文中❸,華克生對那個時期文化和文學發展的特點,闡述了一些看法。他談到了當時由於維護平民利益的各派(王艮及其門徒,李贄等人)學說的流傳,民主文化日益風行;談到了萬曆年間小說的大量刊行,書籍插圖藝術上的發展,十七世紀下半期開始的對民主文學的壓制等等。

爲了配合《世界文學通史》的編纂,也鑑於一些國家的文學史裏面把十七世紀劃爲一個單獨的時期,蘇聯科學院高爾基世界文學研究所1969年編印了一本題爲《世界文學中的十七世紀》的論文集。在這個集子裏發表了華克生的一篇介紹明末清初中、長篇小說發展概況的長文。

在《世界文學通史》第四卷裏,有筆者撰寫的一章——"十七世紀的中國文學",相當詳細地介紹了當時敍事散文的發展,

其中還包括很少有人討論的李漁的長篇和中篇小說。筆者認爲，
李漁利用古代題材寫的那些諷刺性的仿作（如《無聲戲》裏的孟
母三遷故事等），可以幫助我們了解始於十六世紀末、夭折於十
七世紀後半期的中國文學中的新趨向。它的夭折是由於封建勢力
的增強和對自由思想迫害的加劇。華克生在研究" 奇人"在當時
文學生活中的作用時，也發表過類似的意見❻。他目前正從事李
漁短篇小說集《十二樓》的翻譯和研究工作。

《普明寶卷》

　　許多學者認爲明代寶卷承襲了唐代變文的某些特徵。寶卷是
一種獨具特色的文學樣式，目前對它的研究還是很不夠的。蘇聯
學術界對寶卷的研究，開始於 1961 年出版的關於孟姜女傳說的專
著。這本書有一章討論以孟姜女爲主人公的變文作品的特點，一
併談到變文體裁的特徵和佛教思想的影響❼。李世瑜編的《寶卷
綜錄》問世以後，筆者和卡扎科娃（Л. Казакова）、斯圖洛娃
（Э. Стулова）三人發表過一篇詳細的評論，附帶刊出了一份蘇
聯收藏寶卷（其中有明版孤本）的簡要著錄❽。斯圖洛娃更是全
力以赴地投入了對《普明寶卷》的研究，她不僅發表了有關這一
體裁及其演唱問題的一系列論文❾，還完成了編輯《普明寶卷》
影印版的工作。這個版本前面有一篇研究文章，其後附有寶卷的
俄譯文。值得一提的是，這是寶卷第一次被譯爲外國文字❼。冠
於譯文之前的研究文章佔了一百七十頁的篇幅。斯圖洛娃在這篇
文章裏面不但論述了與這種體裁有關的一般性問題（這種體裁的

流行，被視為邪說而遭禁），而且考察了和這部作品有關的秘密教派及其教義。她論證《普明寶卷》出於黃天教派，並根據作品內容勾勒出這個教派的思想體系，指出作品中反映了釋道兩家思想的揉雜融合。斯圖洛娃大概也是對寶卷的藝術結構進行認真分析的第一個人。她發現寶卷的結構有一個統一的格局：散文——詩——詞——曲，周而復始。對這幾個組成部分，她一一做了研究，考察了它們的格式、韻律、常用韻腳，並且製成了表格。斯圖洛娃對於寶卷中某些韻腳佔優勢的問題以及民歌對曲的影響問題，發表了若干頗為新穎的見解。她對寶卷採用的描寫手段也做了初步的考察。目前斯圖洛娃正為出版列寧格勒收藏的另一種已成為孤本的寶卷進行編輯工作。這個孤本顯然是清初的作品，其中反映了有關李自成起義的傳說。

清代長篇小説研究

《隔簾花影》和《説岳全傳》

清代小說以長篇為主要形式。蘇聯的漢學家對這類作品自然是十分注意的。這方面最早的論著之一，是費施曼(O. Фишман)的《啓蒙時期的中國長篇諷刺小說》（莫斯科，1969）。這位作者曾一度贊成侯外盧認為中國十七——十八世紀出現了啓蒙運動的主張，試圖從這個角度考察《西遊記》與《西遊補》、《紅樓夢》、《儒林外史》、《鏡花緣》等明清長篇小說。她的這篇論著引起了持續多年的熱烈討論。其結果，是費施曼放棄了自己原來的觀點。

華克生對清代幾部長篇小說做了較為深入的探討。例如，他在一篇論文裏分析了佛教思想對十七世紀長篇小說《隔簾花影》的深刻影響❼。在魯迅以後，中國文學研究界對這部小說似乎完全未加注意。華克生研究了這部《金瓶梅》的續作以後，指出了兩者之間極爲錯綜的聯繫；既有主要人物西門慶與南宮吉、孝哥與惠哥遭遇的連貫性，也存在由"前緣"所定的基本情節的聯繫。華克生寫道："這部小說的情節結構是網狀的，由許多細線結成，連結在一條維繫着全網的主網上"。他闡述了通過夢境表露的萬事皆由前定的思想如何在小說裏成爲現實，意外和偶然的因素是如何安排的，佛教因果報應思想是如何在藝術構思中體現的。

另一部得到細心研究的長篇小說就是《說岳全傳》。著名漢學家艾德林爲這本書的俄譯本（莫斯科，1963）撰寫了一篇前言，這是對這個作品最初的評論。艾德林特別強調的是小說中某些形象和民間史詩的密切關係。後來又有蘇哈爾丘克（Т. Сухарчук）對《說岳全傳》做了系統研究。她循着鄭振鐸在論述岳飛故事演變過程的文章中開闢的路子，在她的副博士論文"岳飛故事在十三至十八世紀初文學中的反映"裏，把錢彩的小說與搬演岳飛故事的戲曲（《東窗事犯》、《精忠記》、《如是觀》等）做了詳細的對照，以便更充分地揭示主要人物的形象。此外，論文還探索了理想化了的岳飛文學形象和在《宋史》以及當代史學家（鄧廣銘、石筍、何竹淇）著述中岳飛的歷史眞實面貌之間的差別。

《紅樓夢》

《紅樓夢》和《儒林外史》這兩部長篇名著，更是蘇聯學者研究的對象。筆者不久以前查明，早在 1843 年，俄國讀者就獲悉了小說《紅樓夢》的消息。那一年的《祖國記事》雜誌（第26期）刊載了《紅樓夢》第一回開頭部分的譯文，譯者名叫柯萬科（А.И. Кованко）。後來有人幾次計畫譯出全書，但都沒有完成，也沒有發表。最後終於由帕納秀克和孟列夫兩個人把這部書譯完，1958年和讀者見了面。波玆涅耶娃（Л. Позднеева）為王力《漢語文法》俄譯本寫的前言，是最早詳細地談到有關《紅樓夢》的情況、內容、思想傾向的文章❷。這本文法書裏面的許多例句都是引自《紅樓夢》。以題為"曹雪芹小說《紅樓夢》中的新人"的論文於1972年獲得副博士學位的林林（О. Лин-Лин），曾專門從事對《紅樓夢》的研究。她在上述論文的基礎上，又陸續發表過一些文章。她在論賈寶玉形象的論文裏❸，認為賈寶玉是和當時社會固有的儒家觀念背道而馳的完全新型的正面人物；曹雪芹有意安排了寶玉和他父親之間的性格衝突，寶玉對內心自由的追求時時違迕着他父親的宗法道德觀念。林林認為懷着赤子之心的寶玉正是李贄宣揚的"童心"的化身，感情的天然率真就是寶玉這個形象的基礎，在這一點上曹雪芹是與盧梭的思想遙相呼應的。在這個問題上，林林與不同觀點的研究者進行了爭論。她在另一篇文章裏詳細分析了寶玉祭奠丫鬟晴雯的悼詞"芙蓉女兒誄"❹，說誄文是寶玉內心世界的披露，它不是獻給達官貴人，而是奉獻給一個身份低微的女奴，是對傳統的冒犯。林林把這視為曹雪芹對階級不平等現象持否定態度的例證，認為它鮮明地顯示出曹雪芹世界觀的啓蒙主義性質。在論述《紅樓夢》裏的婦女形象的文章中❺，林林重新談到中國文學理論界已經討論過的林黛玉和薛寶釵形象的塑造問題。她指出，儘管深受儒家道德觀念薰陶

的寶釵不能理解孤高自許的黛玉，但也不能像某些中國學者那樣
把寶釵說得一無是處。

　　從事過《紅樓夢》研究的，還有另一些學者。筆者於六十年
代在列寧格勒發現了一種前所不知的八十回《石頭記》抄本，其
中有大量異文和前所未見的批注（例如第三回有四十七處眉批和
三十七處夾批，這是和其他抄本不同的）。孟列夫和筆者合寫了
一篇報導──"新發現的《石頭記》抄本"，首次對這個抄本做
了簡要的描述。該文還提供了有關蘇聯現藏《紅樓夢》及其續作
的各種古老版本的資料❼⓺。近年來龐英專門對這個抄本進行了研
究，拿它和其他版本互相勘比，準備以它爲底本，印出一個加評
注的本子❼⓻。龐英還寫過幾篇有關《紅樓夢》的文章。例如他對
照了《金瓶梅》和《紅樓夢》兩書內容以後，著文指出曹雪芹從
前者借取了若干情節與文字❼⓼。

　　研究中國美術的蘇聯學者思切夫（Л. Сычев）寫過一篇立意
新穎的論文❼⓽，值得在這裏介紹一下。這篇文章專談曹雪芹小說
裏的物名和人名的象徵意義。思切夫畢生從事中國服飾史研究。
他結合自己的專業，對《紅樓夢》的有關內容進行了考察。他認
爲人物的服飾在曹雪芹的小說裏起着異常重要的作用。小說裏的
服裝描寫象徵着人物的本性及其命運的盛衰榮枯。思切夫通過一
些饒有趣味的統計證明曹雪芹對衣著描寫是特別重視的。在出於
曹氏手筆的第四至第八十回，提到服飾的地方，有一百六十次之
多，而在高鶚補寫的第八十一至第一百二十回，只提到四十九次。
曹雪芹有六十四次寫明衣服的料子，高鶚只寫明了十三次。曹雪
芹使用了二十八個不同名稱形容衣料的顏色（這不是偶然的，要

知道作者出身於織造監督的家庭），而高鶚僅僅用了十七種顏色。
思切夫試圖憑借下面這種論據解開小說主要人物象徵性描寫的奧
密。他揣測，寶玉和黛玉之間非世間的情緣和寶玉與寶釵結成的
世間的婚姻，象徵着寶玉兼有天上和人間的兩重本性，即是一個
合陰陽於一身的人。爲了剖析寶玉和釵黛之間錯綜複雜的關係，
思切夫一一解說了寶玉在金陵十二釵正副册中所見的畫謎和姓名
（有的姓名以諧聲字表現）的種種含意。他分析寶玉的服飾描寫
時，指出哪些屬於古裝成分（二龍戲珠金抹額），哪些符合清代
的實際。關於小說中紅色的象徵意義，論文寫道，曹雪芹描寫紅
色用了十三種色調（以大紅爲主，作者形容爲"血紅"，這必然使
小說裏的紅色給人以複雜的感覺——不僅代表歡樂，而且也是淒
慘的、悲劇的顏色）。這篇文章的內容還涉及高鶚與曹雪芹在
風格上的差別、小說各種古舊版本插圖的特點，還有對《紅樓夢》
俄文本中某些誤譯的批評。

應當說明，思切夫的文章一經刊出（1970年），便引來了林
林的辯難。林林在"談小說《紅樓夢》裏的象徵手法問題"一文
中❸，對思切夫的某些論點，諸如有關人名象徵意義的解釋，表
示了異議。

《儒林外史》

蘇聯學術界也有人研究過中國十八世紀另一部名著《儒林外
史》。華克生以這部小說爲課題寫出了他的副博士論文（1962年）。
這部小說的俄譯工作也是由他完成的。在他的兩篇討論《儒林外
史》思想傾向的文章裏面❸，都指出這是一部社會揭露性的文學

作品，其矛頭並不是針對個別人，而是指向整個官僚階層和學界
顯貴。因此小說裏的反面形象畫廊顯得特別豐富多彩。華克生也
探討了吳敬梓的理想人物。他把作品中的正面人物和理想人物分
爲三類：虞育德、張少廣等博通之士；新起的一代（以杜少卿爲
代表）；來自民間的英雄人物（四位“奇人”）。論文分析王冕
這個人物的形象時說，作家通過這個形象表達了要求精神自由的
思想。華克生揭示出吳敬梓一些觀點的儒家本質，但同時又指出
他的儒家信條也不是牢固不破的，隨着他對生活的深入認識以及
他與當時先進思想的接觸，這些信條逐漸發生了動搖。

談到小說的藝術特點，華克生論述了吳敬梓刻劃人物的手段
（對情節緩慢的、重複的敍述，姓名別號的寓意，隱喻的使用等
等），諷刺的典型化手法，幽默的運用等。此外，研究者時時強
調吳敬梓的作品和以前的長篇小說相比有了許多創新的東西，例
如：與口頭講說傳統不再保持密切的聯繫；簡化了楔子並且使它
失去了象徵的色彩；取消了來源於口頭說唱文學的作者對讀者的
直接告白；很少有詩詞間雜等等。

吳敬梓《儒林外史》的蘇聯研究者，還有另外幾個人。如前
面提到的那位寫過論長篇諷刺小說文章的費施曼；又如波玆涅耶
娃也寫過一篇談《儒林外史》思想內容的論文❽，着眼於吳敬梓
對儒家思想的批判和對道家觀點的發揮。波玆涅耶娃還認爲，從
這部長篇小說裏可以看出吳敬梓與早期啓蒙主義者特別是李贄思
想上的聯繫。研究者寫道，小說末回開端的那句“話說萬曆二十
三年，那南京的名士都已漸漸消磨盡了”，透露出此中的消息，
因爲吳敬梓的友人自由思想家李贄正是在這一年被捕並且於1602

年遇害的。

《鏡花緣》

從事過對李汝珍的優秀長篇小說《鏡花緣》研究的蘇聯漢學家費施曼、維爾古斯（ В. Вельгус ）、孟則列爾（ Г. Мензелер ）和齊別羅維奇、斯科羅包加托娃（ Л. Скоробогатова ）等人。費施曼把這部作品譯成俄文並且撰寫了一篇很長的後記❸。在費施曼寫的專著裏也分析過這部小說。她稱《鏡花緣》爲"集合各類小說（*幻想小說、歷史小說、諷刺小說、旅行小說*）的特徵於一身的作品"。在作品的思想內容方面，費施曼描述了李汝珍心目中的理想人物，介紹了他對封建社會的根基以及世風時尚的批判，同時也指出了作家思想上的偏限性。斯科羅包加托娃寫過關於《鏡花緣》的專題論文❸。她的副博士論文就是以李汝珍的創作爲研究課題的。關於小說中反映出來的對儒家思想的批判（*反對死讀經書、對孝道持批判態度、否定班昭《女誡》裏規定的訓條*）、海外異邦的情景、異邦人對中國的態度等方面，斯科羅包加托娃分別發表過幾篇文章❸。

晚清小説研究

謝馬諾夫（ В. Семанов ）多年以來致力於一個課題，那就是中國長篇小說在兩個世紀內（*十八世紀至二十世紀初*）的演變過程。早在五十年代初，當他還在列寧格勒大學求學的時候，他就開始了這項研究工作。這是蘇聯漢學界很少有人涉足的領域。謝馬諾夫後來在北京大學進修過一年，經常得到像阿英教授這樣的晚清文學專家的指導。五十年代回國以後，他完成了副博士論文，探討魯迅的創作和十九世紀末二十世紀初前輩小說家創作之間的關係，後來印出了單行本❽。

　　他這本書在美國出版了英譯本，其中一些章節已經在1982年的《中國現代文藝資料叢刊》上發表了，所以在這裏就不加詳述。我們只想就他的第二本書，即關於十八世紀末至二十世紀初中國小說發展過程的著作❽，多說幾句。謝馬諾夫在閱讀大量資料和參考中文、日文和各種歐洲文字的有關文獻的基礎上，對這一時期中國長篇小說的發展做了全面的敍述。在敍述過程中，他立論於後來自己放棄了的關於東方（特別是中國）啓蒙運動的觀點。書中首先談的是時代背景和當時中國長篇小說發展的特殊條件（文字獄，著作的禁毀，文學批評的發展，十九世紀末長篇小說在報章上的連載），進而以夏敬渠的《野叟曝言》和屠紳的《蟫史》爲例，分析了所謂“才藻小說”（趙景深語）。隨後評述的是諷刺幻想小說（李百川《綠野仙踪》，李汝珍《鏡花緣》，張南中《何典》）；冒險小說（謝馬諾夫把俠義、公案小說統稱爲冒險小說），諸如《施公案》（這本書裏頭的前二十回早在1909年就已經和俄國讀者見面）❽、《蕩寇志》、《兒女英雄傳》、《三俠五義》❽。最後是言情小說。在這一部分裏，謝馬諾夫簡略地談到《紅樓夢》出現以後的各種續作。論述較詳的，是對於陳森的《品花寶鑑》和韓子雲的《海上花列傳》。他拿最後那本書和十八世紀俄國作家的某些散文作品做了一番比較。這一部分的結尾，介紹了一些以當時政治事件爲內容的作品，如第一次描

寫鴉片煙館情況的中篇小說竹溪一士的《雅觀樓》，又如太平軍
中作者以及雲南回族起義者的某些作品。

李寶嘉和吳沃堯的長篇小説

　　該書的第二和第三部分，也許是寫得最有系統、最令人感興
趣的章節，分別介紹了當時文壇上的兩位主將——李寶嘉和吳沃
堯。謝馬諾夫首先分析李寶嘉的《庚子國變彈詞》，認爲這篇作
品表明了李寶嘉的政治立場，可以分明地看出他對義和團、對袁
世凱和對朝廷的態度。謝馬諾夫並不把李寶嘉理想化，而是指出
了他思想的全部複雜性。他認爲《庚子國變彈詞》的主要價值不
在它的藝術成就，而在於以通俗易懂的形式說出了一種對中國政
治生活的大膽而有意義的見解。研究者還分析了《官場現形記》
的內容、主要形象、結構和藝術手法，指出了它的語言上的特點，
如土話、洋話、古語和官場語言的混雜使用；小說裏的諷刺語言、
成語、典故；敍述情節的方式等。關於李寶嘉的《文明小史》，
這本書裏也談得很細，除了指出作家自身立場的矛盾外，對於某
些中國論者對這部作品的評價，表示了不同的意見，指出有些評
價是不夠確當的。這一部分還評述了這位作家的其他作品，如尖
銳揭露舊中國訴訟制度弊端的《活地獄》，以及幾部未寫完的小
說。謝馬諾夫著作的最後一章專論十九世紀末二十世紀初的另一
位大作家吳沃堯。他說明，吳沃堯的中、長篇小說一方面是揭露
帝國主義份子及其幫凶們的面目，同時也塑造出了一些正面人物
的形象。作家通過正面人物之口道出了自己對國事的看法，諸如
官吏之昏聵無能、貪贓枉法，受帝國主義列強欺凌的中國應走的

自強之路，提倡實學之必要等等。對於吳沃堯的暴露小說（《瞎騙奇聞》）、歷史小說（《痛史》）、寫情小說（《恨海》、《新石頭記》等）、驚險小說（《九命奇冤》），謝馬諾夫也都一一做了分析。這在蘇聯漢學界還屬第一次。他比較了本世紀初中國兩位最大的小說家的創作之後，得出了這樣的結論：“就諷刺的犀利、提出問題之重要而言，李寶嘉成就較高，但在細膩的心理描寫和體裁的多樣化方面，吳沃堯則略勝一籌。”（第 294 頁）。在這本研究十九世紀末二十世紀初中國長篇小說的著作的末尾，作者在簡短的總結中試圖確定這一時期中國長篇小說在世界文學發展史中的地位。他指出這些作品中的一些傾向與歐亞文學中某些較早或同時出現的傾向，有相似的地方。

謝馬諾夫研究清末小說的成果，也反映在他撰寫的有關這一時期文學的多篇論文裏面。例如，他在長篇論文“十九～二十世紀之交的中國小說理論”裏面❾，討論了梁啟超、夏曾佑、徐念慈、劉師培、青年魯迅以及其他許多作者關於小說的功用、任務、感染力的觀點，以及他們對敍事散文的體裁劃分、類別、歷史發展以及對小說藝術特徵的認識。謝馬諾夫評述了二十世紀初的報刊上發表的大量文學論文和雜談以後，作出以下的結論：“啟蒙主義者建立的一套完整的小說理論對創作實踐產生了影響，並且為二十世紀初最重要的文學樣式——暴露小說奠定了基礎。”

在結束蘇聯研究清末長篇小說情況的介紹時，還需要提一下謝馬諾夫冠於他翻譯的二十世紀初最主要的兩部長篇小說——劉鶚的《老殘遊記》（莫斯科，1958）和曾樸的《孽海花》（莫斯科，1960）卷首的內容豐富的論文以及他繼阿英之後寫出的兩篇

極有價值的書目學性質的論文。阿英的《晚清戲曲小說目錄》中
列出了那時發表的許多西方和日本小說的中譯文篇名。這些篇名
和原文往往相距很遠，阿英的目錄中沒有加以注釋。謝馬諾夫把
這項任務承擔起來了，他查明了多種俄國和西方文學作品原著的
名稱，以及個別日本文學作品原著的名稱。論文還探討了翻譯文
學在兩個世紀之交的中國所起的作用❾。1971年他去蒙古人民共
和國考察，着手調查中國舊小說蒙文譯本的情況。但是這項工作
後來是由筆者接下來完成的❾。

清代筆記小説研究

《聊齋誌異》

　　現在我們來談談短篇作品的研究情況。蘇聯漢學界對蒲松齡
及其後繼者創作的研究，應當說是作了不少努力的。俄國讀者能
夠欣賞到短篇巨匠蒲松齡的作品，主要應當感謝阿列克謝耶夫的
精彩譯文❾。他異常準確地表達出原作古雅而又複雜的語言的許
多特點。如果把某些綜合性著作（如瓦西里耶夫的文學史著作）
裏談到《聊齋》的文字撇開不論，那麼寫出第一篇關於蒲松齡及
其小說的專論的，要算是伊爾庫茨克大學的青年講師帕施科夫
（ Б. Пашков ）。他寫過一篇題爲"《聊齋誌異》（目錄學試析）"
的文章❾。文中除了提供《聊齋誌異》各種文字（滿文、德文、
英文、法文）譯本的名單外，還對蒲松齡生平做了簡介，對其短
篇小說做了尚屬幼稚的分類。帕施科夫把聊齋小說劃分成儒、佛、
道及非宗教性的幾類。一年以後，（ 1922年），阿列克謝耶夫的

頭一本《聊齋》選譯——《狐媚集》就在彼得格勒問世了。

　　阿列克謝耶夫在這個譯本的前言裏面介紹了蒲松齡的生平，概括了故事中人物的幾個基本類型（狐仙、書生等等），詳述了作家學識的淵博和他的文學風格特點等。在阿列克謝耶夫另外一種選譯本（《僧術集》）的前言裏，讀者可以發現若干有趣而深刻的見解。前言對《聊齋誌異》中的另一類人物——和尚與道士做了描述，並且提出這樣一個問題：蒲氏是否相信他筆下描寫的奇蹟？文章以蒲松齡的儒家世界觀爲根據，做了否定的回答。前言裏談到的問題，還包括蒲松齡的藝術風格和文學手法：用根本不能聽懂的文言來表現民間故事、日常生活題材以及人物之間的對話；"把幻想與現實的衝突激化到異常尖銳的程度"；"把民間的迷信傳說改寫成典雅清新的文章"；展示了人物"情欲同戒律及理智發生衝突時的心理狀態；在異史氏篇末綴言中表露了對懦弱者的撻伐和譴責，對英雄人物的讚美。"阿列克謝耶夫這篇論文的另稿，寫於 1923 年，但遲至1978年才發表出來 ❸。在這一稿裏，他詳細地討論了中國文學（包括詩歌）中的僧道形象，文末談及蒲松齡本人對僧道的態度。他寫道：小說作者描寫擁有異術的僧人道士之類的人物，是爲了回答世上究竟有無公道這一亙古難解的問題。《聊齋誌異》中的僧道像是古代希臘羅馬戲劇中的 deus ex machine（就是那種用舞臺機關送出來參與劇情發展的神仙，也指在緊要關頭突然出現扭轉局面的人物——譯者）。僧道的法術使現實生活人物的種種夢幻變成了實際行動，不然的話，這些人物都會湮沒在暗無天日、是非不分的凡庸瑣屑的生活裏面。

1934 年，阿列克謝耶夫又發表了兩篇專論："《聊齋》小說中儒生個性與士大夫意識的悲劇"和"中國舊文學通俗化史談（論《聊齋》小說）"㊱。第一篇文章介紹蒲松齡從事創作的時代背景。作者強調說："蒲松齡寫小說的時候，處於這樣的環境：自由思想橫遭壓制，懷有民族感情的不平之士任何一句影射時政的言論，都可以定爲死罪"（第301頁）。他認爲蒲氏的幻想作品立意都在宣揚德行，抨擊邪惡。這些短篇小說也反映出蒲松齡本人儒生個性的悲劇，他缺乏"以儒家的不調和的語言談論現實的勇氣（不過孔夫子本人也難免如此），而只能違背儒家的觀念和信仰，借助於一些荒誕不經的事物來維護自己的權力和信念"（第307頁）。阿列克謝耶夫在第二篇文章裏，討論爲使語言深奧的《聊齋》小說能被不懂文言的中國讀者接受而採取的各種辦法：加注釋、譯成白話、改編成曲藝。他認爲最後一法是文化水平較低的聽衆需要的，是把蒲松齡作品通俗化的最好途徑（阿列克謝耶夫當時手頭沒有評書的本子，他依據的是1918年上海印行的《聊齋誌異說唱鼓詞》）。

阿列克謝耶夫譯出的第四個《聊齋誌異》選本取名爲《異人集》（1937年）。他爲這個選本寫的前言是他研究蒲松齡創作的最後一篇論著。文中再次談到《聊齋誌異》的風格特點、它所包含的不同文體，並且討論了如何才能把這部中國小說的魅力傳達給俄國讀者的問題。

阿列克謝耶夫一共翻譯了一百五十篇蒲松齡短篇小說。他爲這些作品寫的注釋也是很值得注意的。某些注釋對於中國編輯《聊齋誌異》新版本的工作，也許會有參考價值。

繼阿列克謝耶夫之後，五十年代末期，又有烏斯金（ П.М. Устин ）根據1955年初次公布的《聊齋》稿本投入了蒲松齡創作研究。他的副博士論文 " 蒲松齡的短篇小說 " 是1966年答辯通過的❼。該文着重分析稿本與刊本的異文，討論了原先未發表過的那些篇目。烏斯金一方面探究了蒲松齡一些小說情節的來源，說它們不僅見於干寶《搜神記》和唐人傳奇，也見於後來的話本，另一方面指出了這位生活在十七～十八世紀的作家在藝術上創新的種種具體表現。在反清主題問題上，烏斯金和五十年代中國文學理論界提出的一些觀點（ 藍翎、胡念貽、王文深 ）進行了辯論。他通過對稿本的分析，指出不應忽視蒲松齡作品中包含的對征服者的抗議。關於蒲松齡的人道主義，烏斯金特別提到小說裏的婦女形象，指出作家對來自民間的人物總是寄予同情的。烏斯金的論文也概括地談到蒲松齡的文學風格，說明他如何在小說裏明引或暗引古代典籍中的文字，以及如何對引文加以局部的改動。這篇論文後來印成了單行本。

近幾年來費施曼也加入了蒲松齡研究者的行列❽。她研究《聊齋誌異》的道路是有些與眾不同的。她先是致力於對蒲松齡的後繼者紀昀與袁枚的研究（ 關於這一點，下面再談 ），根據研究這兩位作家所獲得的資料，費施曼製定了一種別開生面的系統方法。她把《聊齋誌異》看做是一個有完整構思的統一體。她在爲此寫成的書裏首先簡介作家的生平，考察了作家的世界觀（ 反清的主題；釋道兩家的思想因素 ），認爲 : " 蒲松齡世界觀的基礎是儒家思想，但不是它的陳腐教條，而是儒家旨在教育人、發掘人的善良本性的道德訓誡 "（ 第46頁 ）。然後，費施曼又把這部小說當作建立在社會對立（當權者與無權者，富人與窮人，昏聵糊塗的考官與懷才不遇的讀書人）基礎上的一個完整的思想藝術體系來加以研究。她做了詳細的主題分析以後得出了以下的結論：《聊齋誌異》的各個組成部分，或是以"統一的"主題，或是以相似的情節結構，互相聯繫着，構成一個完整的思想體系（第105頁）。這種藝術上的統一性，通過對小說風格和語言的分析（典故、比喻、借喻、諧聲字的相同用法；古文與個別俚語的結合；藝術細節的運用等等），也得到了證實。

《閱微草堂筆記》

上面說過，費施曼研究筆記小說（她把《聊齋誌異》也歸入筆記小說）是從研究紀昀開始的。她翻譯的《閱微草堂筆記》1974年在蘇聯出版⑩。俄譯本包含選自《閱微草堂筆記五種》的小說和筆記三百篇，未選入的篇目，在譯本裏都做了內容簡述，按照原著的順序夾在各篇譯文之間。譯文附有注釋、地名提要索引、敍事者人名索引。該書的前言（第13～144頁）論述了紀昀的生平和創作，追溯了筆記小說從早期筆記到以寓教誡、談鬼神爲特點的紀昀筆記小說的演變過程。在紀昀的小說裏面，超自然力量的功能總是依據人們行爲的善惡實行褒獎或者懲罰。費施曼編製了一套表格，這些表格不僅羅列了超自然力量對人們行爲做出的種種反應，而且羅列了引起天、神、鬼某種反應的小說人物的各類性格和行動。根據這些統計資料，可以測出紀昀衡量道德價值的尺度。看來其使用的尺度與傳統的倫理觀念是十分接近的。

費施曼指出，紀昀利用虛幻故事的實意在於批判世道人心。

爲了使自己的文筆更像是紀實，紀昀遵循這種文體的傳統手法，總是寫明事件發生的時間和地點，寫出這些往往難以置信的事件的目擊者姓名，製造出一個講故事人的形象。其故事全是同一主題的變體，都是爲了證明全書的中心思想——善良必定戰勝邪惡的。

《新齊諧》

1977 年，費施曼翻譯和編輯的一本新書問世了，這就是袁枚的《新齊諧》●。

這個譯本收入袁枚《新齊諧》中的小說和雜記共三百五十篇。凡未選譯的篇目也都做了提要，夾在各篇譯文之間。和前面那本書一樣，譯本附有注釋、地名簡介、索引、講述者人名索引。

譯本的前言（第12～106頁）介紹了袁枚的生平，評述了作家的各種文體的作品（古文、詩詞），主要部分是分析《新齊諧》的結構和內容，以內容分析爲重點。研究者認爲這個集子明顯反映出袁枚對民間流行的迷信傳說懷着極大興趣。《新齊諧》大部分故事在一定程度上都和"活人與死人"的對立有關係。從小說的素材裏可以看出中國民間的宗教觀念有多麼驚人的牢固性。袁枚筆下的超自然力量和紀昀筆下的鬼神是不一樣的，超自然力量不大"審判"人，更多是呈顯奇蹟，挪揄世人，有時候會給人們帶來傷害。袁枚的目的不是給讀者以教導，僅僅是爲了令讀者發噱而已。可是集子裏的小說仍然指明事件發生的地點和時間（多數是前者）以及敍述者的姓名，借以證明這些見聞的"眞實性"。

應當指出，費施曼在一定程度上是繼承和發展艾伯哈德（W. Eberhard）開創的工作。艾伯哈德等人在漢學研究的領域裏最早提出可以採用統計分析的方法研究這類短篇小說，因此費施曼作出了大量的統計和各式各樣的表格，借以說明紀昀、袁枚筆記小說主題方面的各種問題（例如紀昀筆記裏人與鬼神之間的相互關係問題）⓫。

值得提一下，近年來蘇聯漢學界形成了一種編製各類表格和各類不習見的索引的有益的風氣。費施曼覺得，爲了最大限度地判明筆記小說每一個有意義的因素（主人公類型，主題傾向性，人物品質的優劣，人、神、鬼行爲的分類），需要設計出一種對素材進行分類排比的方法，爲此便創製了一種比較表。在她翻譯的紀昀小說集後面首次附上了這樣的表格。後來她爲袁枚小說集的俄譯本也編製了類似的附表。這種附表和民間故事研究家通常採用的那種表格有根本的區別。費施曼後來寫了一本論蒲松齡、紀昀和袁枚三位作家的書。她爲這本書設計出一種綜合對照表，把三人作品中的故事與人物類型的異同，顯示得一目了然。

費施曼這部名爲《十七～十八世紀的三位中國短篇小說家：蒲松齡、紀昀、袁枚》的專著是1980年出版的。該書對這三個人進行了比較以後，認爲各自的小說集有一種"統一的"主題，各自基於某種性質的對立（例如，旨在進行倫理褒貶的紀昀小說基於"善"與"惡"的對立；袁枚小說主要記述民間迷信傳說，因而以人鬼的對立爲基礎）。作者在該書的末尾的結論是：生活在清廷與儒生尖銳對立時期的蒲松齡，是當時現實生活和社會黑暗的嚴峻的揭露者，他首先指向的是科舉制度；而紀昀和袁枚生活在儒學重受尊崇的時期，而且身爲官吏，已經不再那樣尖銳地反對朝廷的政策，但對封建的生活方式仍然流露了不滿。紀昀較多

宣傳人的道德完善，而具有自由思想傾向，對傳統持懷疑態度的
袁枚則是要維護人們表達自然感情和意願的權利。

近代民間説唱文學研究

　　蘇聯對中國近代民間說唱文學的研究還進行得不多。最近十
年在這方面鑽研得比較深的是斯別施湼夫，他已經發表了好幾篇
談論某些曲藝曲種的文章。斯別施湼夫原來是研究漢語語音學的，
在研究語音學過程中產生了分析一下快書的韻文形式的想法。他
在漢語實驗語音學研究中摸索到一系列的規律，其中一條就是元
音相同的音節有固定的長度。他發現快書唱句內各音節之間也存
在同樣的關係。這樣，就可以拿快書的唱句和一個節拍內音符可
能有不同長度的樂句進行比較了。斯別施湼夫根據這個現象寫了
一篇題爲＂快書韻文形式與中國詩法體系＂的論文❿，首次從音
響學角度分析了中國曲藝的唱句。接着他又發表了一篇論述快書
藝術特點的文章❿。子弟書這個曲種，無論是在中國還是在國外，
研究者都很少。斯別施湼夫拿起了這個題目，寫了一篇論文❿，
依據中國學者的著述，介紹了中國各圖書館收藏的子弟書版本及
子弟書的作者、伴奏與演唱的特點等等情況。他把子弟書曲目分
成取材於流行小說、取材於著名戲曲、取材於日常生活幾類。對
這個曲種的風格特點談得比較詳細（利用四、八或十六行的連續
偶句達到延長敘事過程的效果，＂兒化音＂運用的特點等等）。
他寫道：由於唱詞與曲調的複雜，＂再加上沒有說白以及發音吐
字的不遵規範＂，＂在演唱者與聽衆之間形成了一道無形的屏障，

因此子弟書這個曲種在清末即已衰落……以至後來完全消失 ”。

在“論中國說唱文學體裁的演變 ”一文中⓭，斯別施涅夫以河南墜子和大鼓爲實例，論述了不同曲種互相影響、變化從而產生新的曲種的過程（ 這是說唱文學發展的一種特有的趨勢 ）。文章闡明了大多在某地區民歌基礎上產生的各種民間文學體裁，是通過怎樣的方式逐漸變得豐富起來的。斯別施涅夫現在正埋頭寫作一本關於曲藝的專著，對於蘇聯目前尚很少有人研究的其他俗文學樣式（ 河南墜子、單弦兒、牌子曲等等 ），都將要給以描述。

蘇聯收藏中國舊小說和俗文學作品情況

關於蘇聯圖書館收藏的中國小說和其他俗文學作品古舊版本的情況，筆者曾作過一些調查，並且發表過一些報導。最近發表的“漢學圖書館收藏的中國舊小說 ”一文，對蘇聯科學院漢學圖書館收藏的木版和石印舊小說做了著錄⓮。雖然其中並沒有發現孤本，但確有一些作品是孫楷第《中國通俗小說書目》裏沒有著錄的，有些版本的序言或插圖是今日學術界沒有見到的。這些版本或許能夠引起研究者們一定的興趣。在此以前，我調查過列寧格勒和莫斯科各圖書館的藏書，發現了中國俗文學作品一百五十餘種，有彈詞、鼓詞、子弟書、大鼓書、牌子曲等等，還有章回小說若干種。我在一篇文章裏對這些圖書做了簡要的著錄⓯。這些材料全是孫楷第、阿英、傅惜華、劉復、李家瑞等中國學者著述中沒有提到的。

註　釋

❶　В.П.瓦西里耶夫《中國文學史綱要》——《世界文學史》第一卷，柯爾施主編，聖彼得堡 1880 年出版，第 426 — 588 頁。聖彼得堡 1880 年出版單行本。關於此書的詳細介紹見 П.艾德林《紀念第一部中國文學史綱要問世九十周年》——《東方國家與民族》第 11 輯，莫斯科 1971 出版，第 302 — 315 頁。

❷　見 В.М.阿列克謝耶夫《中國文學》論文選集，莫斯科 1978 年出版，第 54 — 55 頁。（本書輯收了這位學者論述中國文學研究問題的幾乎全部著作，包括若干未發表的著作）。

❸　見 В.М.阿列克謝耶夫《關於詩人的長詩·司空圖的＜詩品＞》，彼得格勒 1916 年出版。

❹　В.索羅金、П.艾德林《中國文學》，莫斯科，1962 年出版。

❺　見《東方學院師生紀念建校十八周年論文集》，符拉迪沃斯托克 1918 年出版，第 46 — 48 頁。

❻　Н.П.馬佐金《東亞與中亞的母權制關係考》，符拉迪沃斯托克，第一冊 1910 年出版，第二冊 1911 年出版。

❼　《山海經》俄譯本，Э.М.楊希娜作序、翻譯、注釋，莫斯科 1977 年出版。

❽　И.С.李謝維奇"中國神話中的宇宙模式與五行學說"——《東方文學的理論問題》，1969 年，第 262 — 268 頁。

❾　同上作者《古代黃帝神話與外星人假說》——《今日亞非》1974 年第 11 期，第 44 — 46 頁；"以宇宙時代人的眼光看古代神話"——《蘇聯民族學》1976 年第 2 期，第 139 — 150 頁。

❿　Б.Л.李福清《中國神話研究與袁珂教授的著作》——袁珂《中國古代神話》俄譯本後記，莫斯科 1965 年出版，第 449 — 477 頁。

⓫　同上作者《從神話到長篇小說·中國文學人物形貌的演化》，莫斯科 1979 年出版。

⓬　季羨林"三國兩晉南北朝正史裏的印度傳說"——《中印文化關係史

論叢》，人民出版社1957年出版。

⑬　見 Б．Л．李福清 "中國神話"——《民間文學論壇》，北京，1982
年第2期，第47 — 52頁。

⑭　同上作者《作爲文學作品的<穆天子傳>》——《歷史語文學研究》
文集，莫斯科1967年出版，第350 — 356頁。

⑮　И．李謝維奇 "古代中國的民間口頭創作與文學散文"——《古代中
國的文學》文集，莫斯科1969年出版，第42 — 67頁。

⑯　S．湯姆遜《民間文學主題引得》，布魯明頓，1956 — 1958。

⑰　見И.李謝維奇《伊索寓言故事在東方》——《古代世界文學類
型學與相互聯繫》文集，莫斯科1971年出版，第280 — 310頁。

⑱　這篇序言以單獨論文形式用法文發表過："中國文學中的佛教寓言"
——《法國遠東學院通報》，第 LXⅦ 卷，巴黎1980年出版，第
303 — 336頁。

⑲　E．謝列布里亞科夫《中國古代文學的珍貴文獻——干寶<搜神記>》
——《列寧格勒大學學報》1958年第8期，第149 — 162頁。

⑳　不久前發表了這一章節的一部分，見K．戈雷金娜《三至六世紀的中
國散文與道教》——《中國的道教》文集，莫斯科1982年出版，第
207 — 216頁。全書1983年出版。

㉑　見C．雅洪托夫《七、八世紀的中國書面語言與口語》——《中國和
朝鮮文學的體裁與風格》文集，莫斯科1969年出版，第74 — 86頁。

㉒　見 Б．Л．李福清《中世紀文學的類型學與相互聯繫》（"印度在東
西方文學交流中的特殊作用"部分）——《中世紀東西方文學的類型
學與相互聯繫》文集，莫斯科1974年出版，第84 — 103頁。

㉓　同上文集，第81 — 84頁。

㉔　《雜纂·九至十九世紀中國作家語錄》，И.齊別羅維奇翻譯並作序，
莫斯科1969年出版，莫斯科1975年第二版。關於這一體裁的研究見
譯者論文《關於中國名言錄<續雜纂>（九世紀）的作者問題》——
《東方國家與民族》第11輯，莫斯科1971年出版，第192 — 197頁，
另可見她的其他論文。

㉕　C．奧登堡《千佛洞》——《東方》雜誌第一冊，莫斯科——彼得格

勒 1922 年出版，第 57 — 66 頁； ≪沙漠中的藝術·敦煌特寫≫——
≪30 天≫雜誌，莫斯科 1925 年出版，第 41 — 52 頁。

㉖ K．福魯格≪蘇聯科學院東方學研究所收藏中文古代佛教寫本簡明著
錄≫——≪東方書目≫雜誌，1936 年，第 8 — 9 期，第 96 — 115 頁。

㉗ 全部收藏品共 12,000 件，包括完整的卷子和殘頁。殘頁中絕大多數
（約 500 號）是各類文件。全部文件的發表工作由 Л．丘古耶夫斯基
負責。他編輯的≪敦煌發現的中國文書≫第一冊已於 1983 年在莫斯
科出版，其中包含已發現的 400 件經濟類文書的 73 幅影印件及有關
的研究文章。其餘文書將在後三冊中發表。該書一共出四冊。

㉘ 見周紹良、白化文≪敦煌變文論文錄≫，上海 1982 年出版，下冊。

㉙ 圍繞這篇博士論文的主題，傑米多娃發表了論文"≪大乘入藏錄≫及
其對研究佛教文獻的意義"——≪遠東文學研究的理論問題≫文集，
莫斯科 1970 年出版，第 95 — 99 頁，以及≪六朝時期中國佛經寫本的
抄錄地點與流佈≫——≪遠東文學研究的理論問題≫文集，莫斯科
1974 年出版，第 76 — 84 頁。

㉚ 見 И．古列維奇≪佛本生變文殘卷≫——≪亞洲民族研究所簡報≫第
69 期，莫斯科 1965 年出版，第 99 — 115 頁。

㉛ 見 И．古列維奇≪關於非佛教變文的體裁問題≫——≪遠東≫文集，
莫斯科 1961 年出版，第 24 — 35 頁。

㉜ 見 Б．Л．李福清≪中國歷史長篇小說與民間文學傳統≫，莫斯科
1970 年出版，第 11 — 20 頁。

㉝ 見 Л．孟列夫（緬希科夫）≪敦煌發現的已佚類書的殘本≫——≪亞
洲民族研究所簡報≫第 69 期，第 77 — 98 頁。川口久雄教授著作中
對此書的發現做過多次評論。

㉞ K．凱平≪一部今佚的中國類書的西夏文譯本≫——≪亞非人民≫，
1974 年第 1 期，第 152 — 156 頁。

㉟ 見 K．戈雷金娜≪中世記中國的短篇小說≫，1980 年出版，第 134
— 153 頁。

㊱ Б．Л．李福清≪＜武王伐紂平話＞——中國民間讀物的標本≫——
≪中國和朝鮮文學的體裁和風格≫文集，莫斯科 1969 年出版，第

104 — 117 頁。

㊲　同上作者《中國的歷史長篇小說與民間文學傳統（三國故事的各種口頭與書面材料）》，莫斯科 1970 年出版。

㊳　筆者在單篇論文《中國民間讀物平話的敍事組織》中研究了其他平話的個別結構特點。見《中國文學研究在蘇聯》文集，莫斯科 1973 年出版。

㊴　見 Б．Л．李福清《中國民間讀物平話的敍事組織》——《中國文學研究在蘇聯》，第 112 — 120 頁。

㊵　《東幹民間故事與傳說》，莫斯科 1977 年出版，第 494 — 502 頁。

㊶　同上作者《中國書本史詩的風格問題》——《書本史詩文獻·風格與類型學特點》，莫斯科 1978 年出版，第 162 — 189 頁。

㊷　同上作者《中世紀中國書本史詩形象結構中的類推問題》——《東方詩學·藝術形象的特點》文集，莫斯科 1983 年出版。

㊸　《水滸傳》的第一個蘇聯研究者是王希禮（瓦西里耶夫，Б．Васильев）。他在三十年代寫過一篇論這部小說中的儒家思想的論文，但至今未能發表，手稿存於阿列克謝耶夫院士檔案。

㊹　見龐英《論施耐庵長篇小說《水滸傳》的最初版本》——《東方國家與民族》文集第 11 輯，莫斯科 1971 年出版，第 166 — 172 頁。

㊺　見《遠東文學研究的理論問題》文集，莫斯科 1970 年出版，第 100 — 104 頁。

㊻　見《亞非文學中長篇小說的起源》，莫斯科 1980 年出版，第 151 — 178 頁。

㊼　例如，А．羅加喬夫的《論中國語文學問題》文集，莫斯科 1963 年出版，第 95 — 113 頁。

㊽　Н．包列夫斯卡婭《《魯西亞德》與長篇小說＜鄭和下西洋＞的比較分析》——《亞非人民》1969 年第 4 期，第 110 — 116 頁。

㊾　同上作者《十六、十七世紀中國長篇小說中的喜劇因素》——《遠東國家的文學》，莫斯科 1979 年出版，第 54 — 61 頁。

㊿　同上作者《航海者在鬼魂的世界裏（中國的冥界及其在十六世紀的一部長篇小說中的藝術處理）》——《中國文學研究在蘇聯》文集，莫

斯科 1973 年出版，第 121 — 141 頁。

㉑ 見《遠東文學研究的理論問題》，莫斯科 1977 年出版，第 114 — 120
頁。

㉒ Н．包列夫斯卡婭《羅懋登演義小說的文學淵源》——《亞非人民》
1973 年第 3 期，第 91 — 100 頁。

㉓ 見 Б．Л．李福清、策倫索德諾姆《本子烏里格爾和文學與民間創作
的相互關係問題》——《蒙古的文學聯繫》文集，莫斯科 1981 年出
版，第 291 — 293 頁。

㉔ В．馬努辛《關於長篇小說 < 金瓶梅 > 的作者》——《東方語文學問
題》，莫斯科 1979 年出版，第 122 — 130 頁。

㉕ 同上作者《長篇 小說 < 金瓶梅 > 與中國文藝批評中反傳記傾向的鬥
爭》——《高等學校學術報告 • 語文學》1961 年第 2 期，第 116 — 128
頁。

㉖ 同上作者《長篇 小說 < 金瓶梅 > 中的人物描寫手法》——《遠東文學
研究的理論問題》文集，莫斯科 1977 年出版，第 106 — 113 頁。

㉗ 見 Б．Л．李福清《從神話到長篇小說》（" 晚期書本演義中的神話
人物 " 一章）第 296 — 305 頁；另外見長篇論文《古代中國神話與中
世紀敘事文學傳統》——《民間文學在東南亞與東亞文學發展中的作
用》文集（印刷中）。

㉘ 收入《中國文學研究在蘇聯》文集，莫斯科 1973 年出版，第 142 —
173 頁。

㉙ 華克生（Д．沃斯克列辛斯基）《中國的公案小說》——《亞非人民》
1966 年第 1 期，第 106 — 115 頁；《中國的法庭及其文學變形》——
《中國的社會組織》，莫斯科 1981 年出版，第 181 — 219 頁。

㉚ 同上作者《中國無賴小說的若干特點》——《語文科學》雜誌，1966
年第 1 期，第 59 — 70 頁。

㉛ 同上作者《論中國諷刺小說的風格特點》——《中國和朝鮮文學的體
裁與風格》文集，莫斯科 1969 年出版，第 143 — 151 頁。

㉜ 同上作者《中國散文文藝作品中的道教主題》——《亞非人民》1975
年第 4 期，第 100 — 111 頁。

⑥³ 同上作者《中國散文中的佛教觀念與作品的藝術性問題》——《莫斯科大學學報・東方學》1975 年第 2 期，第 57 — 67 頁。

⑥⁴ 同上作者《十七世紀中國散文中的空想主題》——《亞非人民》1971 年第 2 期，第 102 — 110 頁。

⑥⁵ 同上作者《十六、七世紀中國社會中的民主文化》——《中國：國家與社會》文集，莫斯科 1973 年出版，第 174 — 192 頁。

⑥⁶ 同上作者《中國文化（十六至十八世紀）中的"奇人"及個性的作用》——《東方外國文學史高校學術會議論文集》，莫斯科 1970 年出版，第 241 — 248 頁。

⑥⁷ Б．Л．李福清《萬里長城故事與中國民間文學的體裁問題》，莫斯科 1961 年出版，第 145 — 179 頁。 馬昌儀《李福清孟姜女專著內容概述》一文中有對此書內容的詳細介紹，載於《孟姜女故事論文集》，中國民間文藝出版社，北京，1984 年，180 — 203 頁。

⑥⁸ 見《亞非人民》雜誌 1963 年第 1 期，第 216 — 220 頁。

⑥⁹ 例如，斯圖洛娃《關於明代寶卷的流傳問題》——《中國的文學與文化》文集，莫斯科 1972 年出版，第 221 — 229 頁。 該文繼日本澤田瑞穗教授之後，根據《金瓶梅詞話》的材料考察了這個問題。

⑦⁰ 《普明寶卷》，莫斯科 1979 年出版。對此書的詳細分析見我們寫的書評，發表於《亞非人民》1982 年第 1 期，第 200 — 206 頁。

⑦¹ 華克生《中國文藝散文作品中的佛教思想（十七世紀長篇小說＜隔簾花影＞的宗教思想問題）》——《中國：歷史、文化和史學》，莫斯科 1977 年出版，第 222 — 246 頁。

⑦² 這篇文章的中譯文曾發表於《人民文學》雜誌（ 1955 年第 6 期），後來數次轉載。

⑦³ О．林林《賈寶玉——中國啓蒙主義小說＜紅樓夢＞中的正面人物》——《遠東文學史高校學術會議論文集》，莫斯科 1970 年出版， 第 278 — 288 頁。

⑦⁴ 同上作者《曹雪芹小說＜紅樓夢＞中的"芙蓉女兒誄"》——《中國的文學與文化》文集，莫斯科 1972 年，第 252 — 259 頁。

⑦⁵ 同上作者《曹雪芹小說＜紅樓夢＞中的兩個婦女形象》——《遠東文

學研究的理論問題≫文集，莫斯科1974年出版，第128－134頁。

⑯ 見≪亞非人民≫雜誌1964年第5期，第121－128頁。日譯文見≪明清文學語言研究會會報≫，1965年第7期。

⑰ 龐英≪論蘇聯科學院東方學研究所列寧格勒分所收藏的小說＜石頭記＞鈔本≫——≪遠東文學研究的理論問題≫，莫斯科1977年出版，第133－138頁。

⑱ 同上作者≪文學傳統對小說＜紅樓夢＞的影響若干例≫——≪遠東各國的文學≫文集，莫斯科1979年出版，第70－74頁。

⑲ Л.思切夫≪曹雪芹小說＜紅樓夢＞中物名與人名的傳統象徵意義≫——≪世界文學中的啓蒙運動問題≫文集，莫斯科1970年出版，第261－266頁。另有：Л.思切夫、В.思切夫≪中國服裝：象徵意義，歷史，文學藝術中的闡釋≫（"曹雪芹≪紅樓夢≫中的服裝"一節），莫斯科1975年出版，第81－89頁。

⑳ ≪莫斯科大學學報•東方學≫1971年第1期，第51－61頁。

㉑ 華克生≪吳敬梓和他的小說＜儒林外史＞≫——吳敬梓≪儒林外史≫俄譯本，莫斯科1959年出版，第3－20頁；≪十八世紀諷刺小說吳敬梓＜儒林外史＞的思想內容≫——≪語言與文學問題≫（國際關係學院），1959年出版，第1冊第146－179頁。

㉒ Л.波茲涅耶娃≪小說＜儒林外史＞中吳敬梓的諷刺對象及其理想人物≫——≪東方外國文學史高校學術會議文集≫，莫斯科1970年出版，第289－300頁。

㉓ О.費施曼≪李汝珍及其長篇小說＜鏡花緣＞≫——李汝珍≪鏡花緣≫俄譯本，莫斯科——列寧格勒1959年出版，第695－738頁。

㉔ Л.斯科羅包加托娃≪李汝珍長篇小說＜鏡花緣＞中對若干儒家教條的批判≫——≪中國的文學和文化≫，莫斯科1972年出版，第260－266頁。

㉕ 例如，同上作者≪李汝珍小說中的中國與其他民族≫——≪遠東文學研究的理論問題≫，莫斯科1977年出版，第139－145頁。

㉖ В.謝馬諾夫≪魯迅與他的前輩作家≫，莫斯科1967年出版，第147頁。

(87) 同上作者《十八世紀末至二十世紀初中國長篇小說的演變》，莫斯科1970年出版，第342頁。

(88) 《<施公案>——中國的福爾摩斯》——《邊陲報》（符拉迪沃斯托克）1909年11月8日至1910年1月21日（И．阿發納西耶夫譯）。

(89) 筆者在爲這部小說的俄譯本寫的序言中曾試圖從故事來源與說唱成分的角度進行分析。見筆者《關於淸官包公和俠客們》——石玉昆《三俠五義》俄譯本（譯者B．帕納秀克），莫斯科1974年出版，第5—18頁。這篇序言的中譯文見陳瑜《說唱藝人石玉昆和他的淸官包公及俠義故事》——《曲藝藝術論叢》，1982年第三輯，83—90頁。

(90) 見《東方國家文學與美學理論問題》文集，莫斯科1964年出版。第161—206頁。

(91) 見B．謝馬諾夫“十九、二十世紀之交外國文學在中國》——《十九世紀文學交流史論叢》，莫斯科1962年出版，第267—311頁；《十九、二十世紀之交日本散文在中國》——同上書，第312—334頁。

(92) 見Б．Л．李福淸、B．謝馬諾夫《中國章回小說與話本的蒙文譯本》——《蒙古的文學聯繫》，莫斯科1981年出版，第234—297頁。此文經修訂和補充後譯載於北京圖書館《文獻》叢刊第14輯。

(93) 《聊齋志異》譯本目錄尙不十分完整。見王麗娜《<聊齋志異>的民族語文版本和外文譯本》——《文學遺產》1981年第1期，第155—156頁。

(94) 《國立伊爾庫茨克大學教授與講師論文集》，1921年，第1種、第2冊，第1—24頁，1923年B.M.阿列克謝耶夫在《東方》雜誌（第2期）發表了一篇對這篇文章的措詞嚴厲的評論。

(95) 見B.M.阿列克謝耶夫《中國文學》，莫斯科1978年出版，第319—328頁。

(96) 兩文後來均收入阿列克謝耶夫的《中國文學》一書，第295—318頁。

(97) 這篇博士論文出版了單行本，書名爲《蒲松齡及其短篇小說》，莫斯科1981年出版，附有26篇故事的譯文。Π．烏斯金在此以前已發表過幾篇研究這位作家創作的論文。

(98) O. 費施曼《十七、十八世紀的三位中國短篇小說家：蒲松齡、紀昀、袁枚》，莫斯科 1980 年出版，429 頁。

(99) 紀昀《閱微草堂筆記》俄譯本，O. Л. 費施曼翻譯、作序、注釋、附錄，莫斯科 1974 年出版，588 頁。

(100) 袁枚《新齊諧》，又名《子不語》。O. Л. 費施曼翻譯、作序、注釋、附錄，莫斯科 1977 年出版，504 頁。

(101) 見W. 艾伯哈德《十七——十九世紀的中國小說（社會學研究）》，阿斯科納（瑞士）1948 年出版；另見O. 費施曼論文《紀昀創作研究中統計方法的應用》——《亞非人民》1970 年第4 期，第72－78 頁。

(102) 《中國的文學與文化》，莫斯科 1972 年出版，第304－311 頁。

(103) H. 斯別施涅夫《<快書>體裁及其藝術特點》——《亞非國家語文學問題》第 2 冊，列寧格勒 1973 年出版，第 180－186 頁。

(104) 同上作者《談談清代<子弟書>問題》——《中國文學研究在蘇聯》，莫斯科 1973 年出版，第 174－193 頁。

(105) 見《列寧格勒大學學報》1982 年第14 期第3 冊，第71－77 頁。

(106) 收入《漢學圖書館——蘇聯漢學研究的資料基地》文集，莫斯科 1983 年出版。

(107) 見Б. Л. 李福清《中國文學體裁目錄的補充資料》——《亞非人民》1966 年第 1 期，第 204－222 頁。

第二部分

戲　曲

第二部分　戲　　曲

早期的翻譯和評介

　　俄國讀者開始知道中國的古典戲曲，可以說是在 1829 年。那一年的《雅典娜神廟》雜誌上登了一篇短文❶，標題是"學者之女雪恨記"，介紹了《竇娥寃》的劇情，還敍述了另一種元雜劇《元夜留鞋記》的梗概，後面附着劇中人物表。在介紹劇情的地方，作者加了一條小注，說明兩個本子都見於一本叫作《 Юэн Джен Чонг 》的集子。根據這三個字的拼寫方法，可以看出短文作者不是從中文原書裏，而是從某一種歐洲文字的著作裏找來的材料。查一查Ｍ·戴維森編的那本有名的目錄，就大致可以斷定，《竇娥寃》本事來自 1821 年倫敦出版的英國人斯湯東編譯的《異域錄》❷；《留鞋記》的梗概也是從那裏轉錄的，儘管戴維森的目錄裏說《留鞋記》這個劇本是 1851 年才由法國漢學家Ａ·巴贊介紹給歐洲讀者❸。至於 Юэн Джен Чонг 這幾個字，那顯然是書名《元人百種曲》由西方文字轉譯爲俄文時的音訛。

　　中國戲曲劇本的第一篇俄譯文，是一百四十四年以前在彼得堡一家有名的雜誌《讀書叢刊》（ 1839 年第 35 卷）上發表的。劇名是《樊素，或善騙的使女》，作者題名鄭德輝。譯文尾署"十級通事拉祖姆尼克·阿爾塔莫夫（之子）·巴依巴科夫直譯自中文於恰克圖"字樣。俄國評論界不相信這眞是一篇譯文，認爲這顯然是故弄玄虛的贋作。《俄羅斯導報》上一位不署名的評論者是這樣寫的：" 一場玩笑也會使大學問家上當的，我們不久前曾目睹一個極有趣的實例。諸位還記得《讀書叢刊》發表過一齣似乎是由某一位巴依巴科夫譯自中文的喜劇嗎？後來如何？我們的學識淵博、久負盛名的東方學家多恩先生竟把玩笑當成了正經。在他的論文中居然將一部冒充的喜劇列入了俄譯中國作品，將這位巴依巴科夫算作是俄國漢學家的一員 " ❹。然而，我們拿這個譯文和鄭光祖（ 德輝 ）《㑩梅香翰林風月》原文對照一下，就可以證明，當時奉獻於俄國讀者之前的，並不是贋作，確確實實是著名中國雜劇作家的作品。衆所周知，這個劇本由 A．巴贊譯成法文，1835 至 1836 年間發表在《亞洲報》(Journal Asiatique) 上。可是，單從俄譯文對中國人名的譯音上就可以看出來，它不是從法文轉譯，而是直接譯自中文的。不過該譯文有一個特別的地方，它的楔子與《元曲選》本楔子不同。俄譯《㑩梅香》的開場，是某書客對白敏中的詩文出口不遜，白敏中懷恨在心，伺機報復，用一團 " 南京泥 " 糊住書客的嘴巴（ 白敏中身後跟隨着一名携帶泥罐的小廝 ）。後來白敏中於閑遊中偶遇一書生，兩人結爲好友，一同赴京趕考。劇終時，潑辣機巧的丫鬟樊素嫁給了這位新結識的書生。以上情節均不見於中文原作。究竟是譯者或出版者隨意添枝加葉，還是另有所據，暫時還難作定論。巴依巴科夫是怎樣一個人也不清楚。十九世紀二十年代，在邊境城市恰克圖，有一所教中文的學校。Π．E. 斯卡奇科夫著的《俄國漢學研究史略》一書開列了這個學校全體師生的名單，並沒有姓巴依巴科夫的。但是，既然這個元代劇本的結構和基本內容（ 唱詞多有刪略，但仍保留了一部分）在譯文裏得到了相當準確的反映，那麼可以認爲，從《讀書叢刊》發表這個劇本之日起，俄國讀者就算開始見到了中國戲曲的面目❺。關於《㑇梅香》的譯者，還有一條值得注意的線索 ：在俄國作家兼東方學家顯科夫斯基（1800 — 1858）的文集第一卷裏，就提到過這個發表在《讀書叢刊》上題名爲《樊素》的劇本。顯科夫斯基學過中文，1834 — 1847年間擔任《讀書叢刊》的主編，常以筆名在該刊發表作品。《樊素》也有可能是他翻譯和改寫，而用巴依巴科夫這個筆名發表的。當然，情況是否如此，還需進一步考證。（ 參見《顯科夫斯基文集》，彼得堡，1858 年出版。）

介紹中國戲曲的工作，在上一世紀的四十年代，又有人做過。當時有人把高則誠的名劇《琵琶記》從法文轉譯成俄文，以單行本的形式發表（ 聖彼得堡，1847 年）。可惜的是，這個譯本沒有冠以任何序言。

又過了三十多年，B.Л.瓦西里耶夫院士寫成了一本《中國文學史綱要》，那裏面第一次提供了有關中國戲劇的若干資料，儘管是十分簡略的。他指出中國人對戲劇懷有非同尋常的愛好。這位漢學家寫道："中國人……酷愛觀劇；幾乎每一個稍微像樣一點的村莊，至少每年一度 ，都要請個戲班子來唱戲。 目前北京（ 瓦西里耶夫在北京逗留的時間是從1840至1850 年）總共有十三座戲館，戲班則多至一百五十多家。它們全是靠流動演出來維持生計"❻。瓦西里耶夫對中國戲曲劇場與創作產生的歷史也發表了自己的看法，特別強調中國戲劇的民間淵源，與那種認爲中國劇場首創於唐明皇宮廷的傳統觀念截然不同 ，他在書裏寫道：

"可以設想，具有科白和唱詞而可以稱之爲戲曲的作品，從隋代起就流傳於民間。官方得知民間的創造，總是爲時較晚的"❼。在鄭振鐸及其他中國學者之前的許多年，這位俄國漢學家就提出過中國戲劇可能受到印度梵劇影響的說法："對戲劇的認識，可能來源於印度；印度戲劇的影響在此以前已經波及土耳其斯坦一帶"❽。

在浩如烟海的中國戲曲作品當中，作爲例子，瓦西里耶夫選中了王實甫的《西廂記》，這無疑是中國最有名的戲曲劇本。他簡略地敍述了它的內容，指出這個劇本主要是因爲語言的優美而最受中國學者們的重視。但他又寫道，這個劇本的價值，不僅在於它的精工巧麗的語言，也在於它的關目、曲詞以及整個劇本的主旨。"如果撇開語言不談，單拿情節以及劇情的發展來和我們最優秀的歌劇比較，再加上臺詞和曲詞——至於音樂和聲樂方面的表演，我們姑且不說，因爲中國人有中國人的口味——即使在全歐洲恐怕也找不出多少像這樣完美的劇本"❾。《中國文學史綱要》一書的作者把《西廂記》和世界戲劇傑作視爲當然的並駕齊驅的地位，這在當時無疑帶有開創性的意義，因爲在那個時代，許多歐洲學者都以輕蔑的態度看待一切東方的事物。

B. II. 瓦西里耶夫向讀者介紹了王實甫的劇本以後，接着又指出"在中國，新的劇本仍陸續地出現"，"和歐洲一樣，中國人也善於利用歷史和小說編寫戲劇"，並舉出了《三國志》和《紅樓夢》的改編，作爲例證❿。

用俄文寫出關於中國戲劇和劇作的專論，那是又過了許多年以後的事了（十九世紀末和二十世紀初，俄國雜誌上偶而也登載過談論中國戲曲的短文，但那都沒有提供多少材料，也沒有多大意義），其中第一篇的作者也稱瓦西里耶夫，是職業漢學家列寧格勒大學教授B·A. 瓦西里耶夫（王希禮）。他的長篇綜合性論文"中國的戲劇"是 1929 年才發表的 ⓫。作者詳細地介紹了中國戲曲的種種特點，角色行當、臉譜、服裝、身段、劇場形式等等。但對劇作本身談得較少。重要的是，這篇文章在敍述中國戲劇發展史的時候，已經參照了王國維、劉師培、宋春舫等人的論著。B. 瓦西里耶夫把《空城計》的一種演出本譯爲俄文，附在論文後面，以便蘇聯讀者對中國古典劇場裏演出的劇目，有一個更清晰的概念 ⓬。

從二十年代到五十年代這段時間裏，在蘇聯又發表了一些關於中國戲曲的論著。應當提到的有B.M. 阿列克謝耶夫院士的文章"中國歷史上的優伶英雄"（ 1935 年）⓭ ，該文對各個朝代正史中留下姓名的古代名伶的事跡，從優孟直到宋代的伶工，做了概略的評述；還有同上作者去世後才發表的論中國戲劇和中國年畫的文章 ⓮；另有蘇聯名戲劇家尤列涅夫、尤特凱維奇寫的書；著名木偶藝術家蘇聯人民演員 C.B. 奧布拉茲佐夫的一部精彩著作《中國人民的戲劇》，那是奧布拉茲佐夫 1957 年率領木偶劇院到中國訪問演出以後寫成的。這本書不僅對於瞭解中國的戲劇，而且對於理解中國的美學和思想感情都是很有價值的。不過蘇聯戲劇家對於作爲舞臺藝術的中國戲劇的闡述，不是本文要談的主要對象，我們要介紹的，主要是蘇聯學者對於作爲文學創作形式的中國戲劇史的研究。

元雜劇研究

　　蘇聯對中國戲曲的眞正有系統的研究，應當說是從 1958 年開始的。按照世界和平理事會的決議，世界各國在那一年普遍地舉行紀念關漢卿戲劇創作七百周年的活動。爲了配合這項活動，蘇聯出版了一本小册子《關漢卿——偉大的中國劇作家》（莫斯科，1958 年），作者是有名的中國文化研究者、蘇聯科學院通訊院士 H. T. 費德林。Л. З. 艾德林❶ 、B. Ф. 索羅金❶ 的論文、《竇娥寃》和《救風塵》的節譯文❶，也都在這時候陸續地發表了。

　　H. T. 費德林的小册子，告訴蘇聯讀者十三世紀中國的歷史背景，各類文學在元代的境遇，什麼是“書會”，當時文化中心杭州的作用，中國戲曲的各種特點，戲劇文學從宋代戲文到近代傳統劇目的發展過程。作者對元雜劇體裁的特徵也做了一般的描述，強調元代戲劇和人民群衆的密切聯繫，它的巨大的社會意義。費德林着重指出，當時的戲曲作者“認識到藝術的重要作用不僅僅在于揭露現實，表現生活的眞實，而且要向人民傳播正義的主張，宣揚待人處事的正確觀點”（第 17 頁）。書中對關漢卿的兩個最負盛名的劇本《竇娥寃》和《救風塵》，也都作了評述。

關漢卿的雜劇

　　B. Ф. 索羅金的文章，對關漢卿的劇作做了全面論述。索羅金把關氏的作品劃分為以下幾類。一類是社會劇，"它們最強烈地抒發了作者對邪惡與暴虐的抗議"；一類是歷史劇；一類是描摹世態與愛情的喜劇。論述的結束語是：這位元代劇作家最偉大的地方，是他善於從劇中人物的感情和願望當中，突出主要的、全人類的東西。

紀念活動舉辦以後，研究關漢卿的文章仍然繼續出現在報刊上。例如 1960 年《東方學問題》雜誌（第 4 期）上登出了 B. И. 謝馬諾夫的文章《論關漢卿劇作的特色》（第 75 — 83 頁），這篇文章試圖說明關漢卿劇本結構的特點。謝馬諾夫是這樣寫的："作家安排情節非常巧妙，他不把主人公面臨的主要障礙立刻和盤托出，而總是把某種使衝突複雜化和尖銳化的要害關節留在最後"。謝馬諾夫以《救風塵》的關目為例，來說明這一點。他還評述了關漢卿的一些特殊的藝術手法——"諷刺的怪誕"，"悲劇的誇張"（竇娥的一腔頸血不流灑地面，而是飛染丈二白練），歸納出作者在劇本裏解決社會衝突所採取的三條主要途徑：第一條，使現實的事物以悲劇告終，然後再以幻想的形式展示出願望的事物、應有的事物，如在《竇娥冤》中那樣；第二條，由公正的法官來解決衝突；第三條途徑是劇作家最常採取的，即"主要不是依靠法官的廉正，而是依靠主人公本人的剛強，使冤獄得以平反"（第 81 頁）。

謝馬諾夫這篇論文，還提出關漢卿劇本中主人公性格和心理描寫的特點問題。論文的結論是：心理矛盾對於關漢卿是不存在的，關漢卿劇本裏的絕大多數主人公，性格自始至終沒有變化。這位元代劇作家"注意的不是性格的複雜性，而是它的完整性和單純性……正是這種完整性使關漢卿筆下的主人公從個別的人物變成了社會的和心理的典型。"（第 82 頁）。論文作者試圖用以下的提法來確定這些劇作在世界戲劇創作史中的地位："關漢卿的地位，應是在古希臘羅馬戲劇與文藝復興戲劇交界處的某個地方"（第 83 頁）。

　　紀念關漢卿的活動無疑推動了蘇聯對中國古典戲曲的研究。孟列夫（緬希科夫）1959 年出版了《中國古典戲曲的改革》一書。那時候他還是一個初出茅廬的研究工作者。儘管一看書名就知道講的是 1949 年以後的戲曲改革問題，可是其中也包含了不少中國戲劇史的內容（基本上依據 1953 年出版的周貽白《中國戲劇史》）。孟列夫從整體上以及按不同題材（歷史、人情、幻想）對現有劇目進行了綜述，還分別介紹了屬於幾個主要故事體系的劇本。關於水滸戲，他談得特別詳細，把這些戲歸入歷史題材類。他拿《玉麒麟》及其續集《大名府》與《水滸傳》第六十一至六十八回排比對照，指出原著中幾句簡短對話到了戲曲中就敷演出許多完整的場面。孟列夫還詳評了《野豬林》。他介紹了這齣戲改編為《逼上梁山》的過程，並多處引證《水滸傳》的原文以強調當代劇作家在改革舊戲時如何增添來自人民的人物，顯示人民在歷史上的真正作用。他對楊家將戲（《三岔口》、《四郎探母》）也做了分析，這在蘇聯學術界還是首次嘗試。一方面指出老戲詞的高度藝術價值，另一方面講了為今天演出而做的具體改動。談到這一點，他總是反覆強調保存中國人民極為豐富的劇作遺產的重大意義。

楊顯之《瀟湘夜雨》

在人情戲方面，孟列夫一般是拿今本人情戲和元代劇作的早期人情戲做對比。例如在評論經過改革的劇本《臨江驛》時，先分析了它的底本楊顯之《臨江驛瀟湘夜雨》。他揭示出《瀟湘夜雨》中正反兩類人物如何對立，認爲清官張天覺的形象遠不如贓官趙錢的形象來得鮮明。劇作家寥寥數筆就活畫出朝廷考官無知與貪婪的醜態。分析崔文遠和張翠鸞的形象時，他說前者“體現了中國人民謙遜、勤勞、善良、富於同情心的優秀品質”，“後者在落難之後不向命運屈服，仍有力量怒斥對她施加打罵的崔通及其再娶的妻子”。

爲了探討楊顯之這個劇本的大團圓結局問題，孟列夫又論及了和這個題材相似的其他早期劇本《張協狀元》和《趙貞女蔡二郎》。《趙貞女》原劇雖已失傳，但有詳細記載，仍可以用以對比。他認爲《瀟湘夜雨》的大團圓結局是一個“最嚴重的缺陷”（第 98 頁），因爲已得申冤的翠鸞又與她的仇人崔通及其再娶的趙氏重歸於好了。孟列夫寫道：“這樣的結局，是宣傳封建的恕道，其出發點是在任何情況下，無論丈夫做下怎樣的醜行，妻子都必須保持對丈夫的忠順，這種觀點不符合人民的願望，與劇本富有人民性的內容也是互相矛盾的。”（第 99 頁）。南宋戲文《趙貞女蔡二郎》是以和崔通一樣停妻再娶的蔡伯喈的死亡結束的，蔡伯喈是招致天怒而遭暴雷擊斃的。孟列夫據此推想，敷演這類故事的民間劇本，並沒有大團圓的結尾。十四世紀的高明依據民間的本子創作《琵琶記》，保留了戲文的基本情節線索，但改變了最末一場——蔡伯喈之死，給這個故事安上了一個大團圓尾巴的，可能是高明，也可能是元初的某個改編者。孟列夫又舉出了關漢卿《竇娥冤》的例子，葉憲祖後來改寫，也變成大團圓收場。根據這些間接的材料，研究者揣測楊顯之寫《瀟湘夜雨》所根據的民間傳說，大概並不是以大團圓告終的。他說，大團圓的原則"無疑是劇作家對當權者的讓步，以適應於不准無情地揭露上層階級代表人物的要求"（第 103 頁）。他還說："到了明代，統治者對於抨擊官吏過於尖銳的劇本實行嚴酷的壓制，'大團圓'成了傳統的手法。"（第 103 — 104 頁）。雖然在筆者看來，孟列夫這些論斷似乎有些絕對化，而且沒有考慮到民間美學觀念的特點，因爲按照民間的美學觀念，對悲劇故事，一般都希望有個大團圓的結局，但是作爲探索元明戲曲傳統題材、情節的表現方式的嘗試，這些論點還是有一定價值的。

王實甫《西廂記》

《中國古典戲劇的改革》一書出版以後，孟列夫轉入了敦煌寫本的研究。儘管如此，他並沒有完全丟開中國戲劇史的研究工作。他動手翻譯一部最難譯好的劇本——王實甫《西廂記》，根據的是王季思校注的本子（上海，1954年出版），參考中國著名文學理論家吳曉鈴的注釋本（北京，1954 年出版）⑮。 1960年俄譯單行本在莫斯科出版了，書中附有掃葉山房本的插圖。孟列夫以詩體翻譯了劇中的曲詞，並在譯文之前冠以一篇題爲"《西廂記》及其在中國戲劇史中的地位"的序言（第 5 — 18 頁）。他在序言中先是描述元曲發展的歷史背景，然後比較詳細地論述了關漢卿劇作所起的作用，認爲是關漢卿創立了元雜劇一本四折、一人主唱的嚴格體制。序言說："這種嚴格的形式對於中國戲劇的形成無疑是起了很大作用的。但是不久以後，由於它的局限性，又變成了戲劇發展的障礙。因此還在關漢卿在世的時候，就出現了一位在元雜劇發展道路上邁出了大膽步子的劇作家，這就是《西廂記》的作者王實甫"。文章的核心思想，是闡明王實甫的創新精神，說這位作家把元稹和董解元先後處理過的現成的文學素材加工提高到了完美的境地。孟列夫認爲王實甫巧妙地運用元曲的抒情手段來描摹主人公內心深處的感受，因而使鶯鶯的形象塑造得特別成功。劇作家刻畫出這位千金小姐感情逐漸發展變化的過程，"異常細膩地描繪出老夫人許婚後鶯鶯的喜悅、期待與意中人成親時的忐忑心情"，描寫了鶯鶯在愛情與孝道之間的動搖不定。序言作者得出的結論是："無限鍾情和奮不顧身，妒忌和痛苦，孝順和不屈服——這樣多側面的婦女形象確是其他任何一位元代劇作家都沒有塑造過的"。序言同時也指出，相形之下，張珙的形象就顯得粗率單薄了，但是這個形象仍與大多數元雜劇裏的類似人物不同，不是靜止凝固的，而是有發展的。以上這些都是王實甫在塑造人物性格方面的創新。紅娘的形象也不同於其他元雜劇中的丫鬟，在全劇中她多次起主導作用，同臺的主要人物卻退居次要地位。孟列夫指出王實甫在戲曲的形式和結構方面也是一個創新者（寫出在當時說來已是皇皇巨著——二十折的雜劇；在第二本當中標新立異地插進一個楔子；不是一人主唱，而是三個主角都有唱詞等等）。他寫道："如果以爲王實甫完全不顧元雜劇創作的慣例，那也是不對的。他遵守這些慣例一般還是很嚴格的，只是當慣例妨礙情節發展的時候才做些突破。但是這些的突破在當時說來已經是異常大膽的行爲了"（第 16 頁）。

《西廂記》俄譯本問世以後，孟列夫又發表了一篇不太長的專論——"關於《西廂記》的作者問題"❶。他對中國學術界圍繞《西廂記》作者問題的五種看法一一做了評說。這五種看法是：⑴全劇是王實甫作；⑵前四本是王實甫作，第五本是關漢卿續；⑶前四本出於關漢卿之筆，第五本屬王實甫之作；⑷全劇是關漢卿作；⑸前四本是關漢卿作，第五本是祁州人董君章續作。孟列夫又和 1957 年發表的周妙中關於《西廂記》作者問題的文章進行爭辯❷。周文提出了一種與眾不同的觀點（劇中顯然有南戲傳奇的影響，因而寫作時間不是在元戲曲發展的第一階段，應是在第二階段；作者既不可能是王實甫，也不可能是關漢卿）。孟列夫傾向於《西廂記》出現於元戲曲發展第一階段的傳統看法。這位蘇聯研究者引用了一條有利於傳統看法的新論據：他在元散曲中發現一首小令《從嫁媵婢》，一說爲關漢卿作，一說爲周德清作（無論是其中哪一個所作，小令的寫作時間不會晚於十四世紀頭二十五年，即元雜劇發展的初期）。小令中有如下兩句："規模全是大人家。不在紅娘下"❸。孟列夫以爲這是套用《西廂記》第一本第二折中的"大人家舉止端詳，全沒那半點兒輕狂"句❹，他指出，"這一劇本出現以前的表現崔張愛情故事的諸作品，都沒有類似的詞句，由此可見，《西廂記》是寫於第一時期，而不是如周妙中所說寫於第二時期。"（第 151 頁）。 在該文末尾，孟列夫又對楊晦的文章提出質疑，針對楊晦在"再論關漢卿"❺文中所說"因爲王實甫現存另外兩部作品水平一般"，《西廂記》

"決不像是王實甫那樣的作家，所能達到的成就"，表示了不同的意見。這位蘇聯研究者寫道："如果這個論據能夠成立，那就很難理解，爲什麼這個劇本偏偏假托於王實甫？……如果我們反過來推測，說王實甫的劇本可能被假托給像關漢卿這樣的更著名的作者，豈不更合邏輯嗎？"他認爲楊晦引證關漢卿敍述崔張故事的小令"只能證明關漢卿見過這個本子，證明這個雜劇寫成於元曲發展的第一時期"（第151頁）。

馬致遠《漢宮秋》

繼孟列夫之後研究元曲的，有列寧格勒大學 E. 謝列布里亞科夫教授。謝列布里亞科夫是研究唐宋詩詞的專家。他對王昭君的形象以及這個形象在馬致遠《漢宮秋》中的塑造，發生了興趣，爲此寫了篇論文❷。論文首先追溯了王昭君故事的歷史演變；從《漢書》、《後漢書》、《西京雜記》、吟咏昭君的唐詩，直到敦煌發現的《王昭君變文》。謝列布里亞科夫認爲在《變文》裏面"頭一次明確地說出這位婦女辭別故土、永離親人是爲了盡到對祖國的責任"（第119頁）。他關於《變文》的結論是："一個關於漢代美人的傳統故事，在變文中獲得了強烈的愛國主義色彩，這就是它的重大意義所在。"

謝列布里亞科夫拿馬致遠這個雜劇與前人作品比較時，着重指出馬致遠"從第一折起就使劇情超出了愛情的範圍，把主人公放進了國難當頭的複雜環境"（第126頁）。謝列布里亞科夫注意到馬致遠推陳出新的成就：變動了故事的基本格局，表現出皇帝對王昭君的愛情，把毛延壽寫成了賣國奸賊。經過這樣一變，劇作者成功地塑造出來一個"具有巨大揭露意義的形象"。馬致遠給原有素材注入新的含意，是爲了加強該劇的社會意義，其結果是使劇本走上了《變文》的路子，具有了鮮明的愛國主義色彩。論文作者的結論是："愛國主義的和愛情的因素的結合，給予了馬致遠的劇本以非凡的思想和藝術的力量。"（第 125 頁）

元雜劇的俄文譯本

在《西廂記》俄譯本問世六年以後，蘇聯讀者又讀到了十一個著名的元雜劇劇本。這些劇本收在 1966 年出版的《元曲》俄譯本裏，是《戲劇作家叢書》的一種，編者是蘇聯第一流的中國文學專家、列寧格勒大學東方系講師 B. 彼得羅夫。該譯本收有關漢卿劇作三個（《竇娥寃》、《望江亭》、《單刀會》），白樸的兩個（《梧桐雨》、《牆頭馬上》），馬致遠《漢宮秋》，康進之《李逵負荆》，李好古《張生煮海》,石君寶《秋胡戲妻》,張國賓《合汗衫》，鄭光祖《倩女離魂》。譯者們都是列寧格勒的漢學家： Л. 孟列夫、E. 謝列布里亞科夫、T. 馬里諾夫斯卡婭、H. 斯別施涅夫、B. 馬斯金斯基。譯文的校訂和注釋是由孟列夫完成的。書前冠有編者 B. 彼得羅夫撰寫的一篇內容詳盡的論文。論文介紹了時代背景，着重講到作家接近下層人民生活這一元代特有的現象，這"促成了戲劇創作的民主化"，使它能夠表達"廣大市民群衆的思想情緒"。彼得羅夫在分析這些劇本的時候特別注意它們的社會意義。他說元雜劇"對社會不平的批判有時採取了極爲尖銳的形式，尤其表現在所謂公案戲裏"。彼

得羅夫對竇娥，譚記兒、羅梅英、李千金、張倩女等婦女形象，
——做了剖析，強調指出"在愛情戲中女性形象總是佔首要地位"，
"這些劇本裏的女主人公都具有崇高的精神品質"。總起來說，讀
者從彼得羅夫的序文中可以得到關於元雜劇內容、主要形象、結
構、角色行當和宮調的比較完整的概念。

　　十年之後，又有一個中國古典戲曲的選輯問世了，這就是二
百卷的《世界文學大系》裏的《東方古典戲劇：印度・中國・日
本》分冊裏的《中國戲曲》部分。其屬於元雜劇的，有 B・ 索羅
金重譯的《竇娥冤》和新譯的鄭廷玉《忍字記》，漢學家兼詩歌
翻譯家 Г. 雅羅斯拉夫采夫與 И. 戈魯別夫合譯的作者不詳的《殺
狗勸夫》㉕。 B. 索羅金爲這個《選輯》寫的序文對這些作品做
了述評，介紹了元、明、清各代中國戲劇發展的概況。

早期戲曲與說唱藝術的關係

　　對於元雜劇的個別問題，筆者也進行過探討，拙著《長城故
事與中國民間文學體裁問題》（莫斯科，1961 年）， 試圖通過
對今存的孟姜女故事元代戲曲殘篇的分析，恢復這個故事在元代
的面貌。我在論述《三國演義》的著作裏，曾提出中國戲劇發展
與說唱藝術發展的關係問題，想用它來解釋中國戲劇產生較晚的
原因。我說："中國人在公元以前就有了近似戲劇的表演，但是
他們和別的古代民族（希臘人、印度人）不同，沒有發達的戲劇
文學，原因是沒有發達的史詩。而古希臘或者古印度的戲劇作家
正是從史詩中擷取故事情節的。十二、三世紀講史演義的出現，

爲戲劇創作提供了十分必要的情節基礎。而到了後來，戲劇文學
對說唱藝術的發展，特別是對它的描寫手法，又反過來給予影響"
㉖。

　　Ｉ 在分析《三國志平話》的一節裏，拿《平話》和描寫三國
人物的元雜劇進行了對比。據我看，早期三國戲的文詞所依據的，
正是《平話》作者所利用的那些說唱故事。值得注意的是，在元
雜劇裏，說唱藝術的特點和主題要比《平話》裏保留得更多，大
約戲曲作者進行創作時比較自由，和書寫文學可以有較遠的距離，
而《平話》的作者卻刻意模仿史書的風格。早期戲曲與說唱藝術
關係的密切，還表現在主要人物的配置上。例如，不以劉備曹操
爲主角，而把民間文學中最受歡迎的張飛、關羽、諸葛亮放在主
要的地位㉗。結論是：《平話》和三國戲都和說唱藝術有密切的
關係，具有許多共同點（第 177 頁）。在分析羅貫中的創作方法
的時候，也與戲曲做了比較。我拿《三國演義》第八、九回"連
環計"的各個段落，與陳壽《三國志》、《三國志平話》以及元
無名氏撰《錦雲堂美女連環計》裏面的相應情節一一進行過排比
對照。

　　筆者在考察蘇聯東幹族民間故事時，也涉及元曲中的問題。
例如研究在東幹族中記錄的張羽煮海故事時，我曾拿它和同名的
元雜劇做了比較㉘。在同一篇文章裏還詳細討論了元雜劇中常見
的抛彩球的主題㉙。

索羅金研究中國元代雜劇的一本專著

以上幾個作者涉及的，還只能說是元曲個別作品或局部性的問題。В.Ф. 索羅金自五十年代末發表有關元雜劇的論文以後，二十年來一直繼續著這個專題的研究，特別在七十年代，他陸續發表論述元代戲曲的文章；在兩年一度的列寧格勒遠東文學研究學術會議上作了有關這個專題的報告； 1964 年曾到中國進修，得到大戲曲史家周貽白的指導。多年的辛勤努力，滙成了一本專著——《十三、四世紀中國古典戲曲：起源·結構·形象·情節》，1979 年由莫斯科科學出版社東方文學總編室出版。

В.Ф. 索羅金這本書的內容，副標題已經點明了。在十三至十五世紀初創作的中國戲曲，大約有兩千種。今天知道劇名的七百種，完整或部分保存的一百六十二種。索羅金對這一百六十二種戲曲，篇篇都進行了研究，而且研究得相當仔細。這是他和那些往往僅以元代劇作家最著名作品爲研究對象的外國研究者不同的地方。他不僅讀完了全部今存的劇本，而且簡述了每折的內容，列出全部主要人物和角色行當 ⓪。這些構成了他書裏的很大的一章——“十三、四世紀雜劇的關目”（密密麻麻的小號字一百多頁）。像這樣把全部現存材料納入研究範圍是至爲重要的，可以保證不至於做出片面的判斷，也可以把劇作者世界觀中的細微差別以及創作手法的特點全部揭示出來。除了當時的劇本，索羅金對從鍾嗣成《錄鬼簿》到譚正璧、孫楷第、趙景深、周貽白、羅錦堂、吉川幸次郎、波多野太郎、時鍾文等現代學者的浩瀚文獻，也沒有忽視。附錄中他編製的多達五百條的參考書目，儘管有些不太重要的疏漏，仍可以算是迄今爲止最完整的學術資料了。但這本書的主要價值，不僅在於資料的豐富，還在於獨到的見解，處理資料和分析問題時採取的新穎方法。

戲曲的起源

該書的第一部分是"戲曲體裁的起源"。這個問題，論者似乎已經談得很多。王國維、周貽白、任半塘、吉川幸次郎、蘇聯女學者И. 蓋伊達和波蘭學者 T. 日比科夫斯基都在這方面做過不少工作。例如藝術學副博士蓋伊達在她那本面向廣大蘇聯讀者的著作《中國傳統戲劇——戲曲》（莫斯科，1971 年）裏面，參照王維國、任半塘、周貽白、趙景深、馮沅君以及日本中國戲劇史專家青木正兒的論述，對中國戲劇藝術的產生過程做了詳細的描述，從遠古的歌舞儀式，漢代的百戲，談到十三至十六世紀的雜劇和早期傳奇。書中收集了早期戲曲的演出方式、角色行當、臉譜和劇本結構方面的資料，其中也有對某些早期作品的評述，如對存於《永樂大典》的南戲《張協狀元》的評述。蓋伊達著作的主旨，要說明中國戲劇是作爲一種民間藝術而出現的，但是"在客觀上，其形成的過程，並不全產生於民間藝術的土壤，同時也是在宮廷藝術的土壤裏產生的"。她指出："唐代戲劇還沒有形成其後的幾個世紀才逐漸確立的統一的固定的藝術形式，當時還帶有即興創作的性質。然而某些後來的固有特徵已經顯示出來了，這就是：幾種藝術形式的有機結合，固定的行當體制，'武劇'和'文戲'雛形的區別。"

關於中國戲劇的起源問題，似乎各國學者已經研究得相當充分，但 B.Ф. 索羅金仍有自己獨到的看法。他認爲，把戲曲的發展說成是一條直線，說它直接產生於說唱藝術諸宮調，是不合情理的。他的觀點是，中國戲曲的產生是一系列因素相互作用的結果。戲曲不僅吸收了說唱藝術的經驗，而且吸收了歌舞、滑稽戲、古典詩歌和小說的經驗。索羅金就"雅"、"俗"兩類文化成分相互影響問題提出了重要的見解。據我們了解，以元代戲曲爲例闡明這兩種文化之間的辯證關係，在學術界還是別開生面的創舉。這個問題不僅對於理解戲曲的起源，而且對於理解古代演義小說一類作品的起源，都有同樣實際而重要的意義。

爲了全面探索元雜劇的起源與結構，該書作者不得不對元代戲曲的各個要素都逐一進行分析。索羅金是蘇聯漢學界敢於闖入中國戲曲音樂領域，敢於觸及聲腔音律問題的第一人。這類問題對蘇聯學者說來是如此特殊而複雜，以致在談論中國詩歌的著述中，一般人是望而卻步的。

流傳至今的元雜劇，基本上是十六世紀末至十七世紀初的刻本，元刊僅三十種，因此索羅金也需要涉足於版本問題。他將元刊三十種雜劇和十六、七世紀重刊本互相校勘後，得出了一個據我看來遠非明確的結論："我們要問，元雜劇的今存版本是不是它們的本來面貌？又是，又不是。說它不是，那是因爲沒有一齣雜劇保留了瓦舍演出記錄本的原貌（包括曲文和賓白）；說它是，因爲儘管有後來三百年間編選家的增刪修改，而基本情節、思想和感情的基調、主要人物的性格特徵一般沒有改變，大部分曲文保持了原始或接近原始的面貌。"（第78－80頁）關於劇本作者問題，索羅金也說出某些值得注意的見解。他說從十六世紀以後才比較尊重作者的劇詞，湯顯祖這樣的劇作大師曾專門提出，要演員們嚴格按照作者的原詞演唱，可是後來這個要求幾乎無人遵守。十六至十九世紀之間，又出現大量無作者的劇本，在地方戲裏更有成千種的不署名的改編劇本。

元雜劇的結構

這本書裏有一節專談劇本的結構。索羅金發覺元雜劇的四折結構與詩詞結構有一定共同點。李白和白居易的絕句是按起、承、轉、合的固定規律寫成的。一句起，二句承，三句轉，四句合。元雜劇的結構與此類似。他說元雜劇的關目有三種類型，第一種佔大多數：其中第一折"是全劇開端，確定劇中人相互關係，推動情節發展"；第二折，情節趨於複雜，出現新的人物；第三折，劇中衝突達到高潮，常常發生意料不到的轉折，這往往是與某個新人物——清官、賢臣、朝使——的出場有關，有時則是鬼神的干預；第三折與第二折之間往往隔着較長時間；最後，在第四折裏面，一切猜想和誤解都消釋了，是非得到澄清，離散者終於團聚，故事宣告結束。

第二種類型在元雜劇中爲數不多："其中的前三折，或是衝突逐漸地加劇，使劇情沿上升線發展，或是同一類情節的重複，故事不發生急劇轉折。到了第四折，一切都走向早已注定的結局"。研究者認爲，這是表現神仙道化題材劇本的典型模式。

被索羅金歸入第三種類型的劇本，"由於故事頭緒繁多，幾條線索平行發展；或是純粹由於編劇手法的拙劣，使結構鬆散雜亂，缺乏統一的高潮"。這樣的關目，常見於取材歷史或傳說的雜劇（第 85 — 86 頁）。

索羅金並不以爲雜劇作者有意模仿詩歌的結構，而是把這個

現象看成對制約詩、文、戲曲結構的共同的審美原則的直覺遵循
❸ 。

元雜劇中的人物形象

此書不僅因資料的新穎，還因爲作者竭力發掘六、七百年前
劇作家創作思想中的細微差別而引人入勝。他寫得最成功的大概
也是最長的一章，題爲＂元雜劇形象的世界＂。索羅金試圖根據
現存的劇本，推想元代劇作家的內心世界和世界觀；探索他們對
從帝王到商賈、農民各色人物的態度。索羅金首先從站在社會最
高層的帝王形象談起。元代劇作家把周武王和周公看成理想的古
代君臣，殷紂王則是帝王反面的典型。但對劉備、趙匡胤等後代
帝王形象就有所不同，認爲這些帝王已經不代表絕對的善或惡，
而是活生生的人，儘管是不大平常的人。

索羅金揭示了《漢宮秋》和《梧桐雨》中處境相似的兩個帝
王在描寫上的差別：＂劇作家馬致遠表現出天才的藝術嗅覺，排
除正面說教的俗套，並沒有爲漢元帝卸脫悲劇的罪責。漢元帝受
到良心的審判……但是作爲一國之主，他似乎又得到諒解，因爲
他以個人的不幸彌補了自己的過錯，保全了國家的安寧與福祉＂。
結論是，＂《漢宮秋》……力求把握生活的辯証法，是反映出中
國中古文學人道主義思想的最光輝的作品之一。＂（第140頁）。
關於白樸《梧桐雨》中對唐明皇和楊貴妃的關係的描寫，索羅金
不同意某些中國論者的說法。某些中國的論者說楊貴妃形象的塑
造是失敗的，或說作者企圖歌頌帝王與美人之間的愛情，但作者
實際的描寫又和本人的意圖有矛盾 ❸ 。 這位蘇聯研究者認爲：

"不應當把白樸對楊貴妃形象和基本情節的處理看作是'缺點'，相反地應當看作是作者忠實於歷史眞實的證據，尤其重要的，是他忠實於心理眞實的證據。唐明皇不問國政，迷戀女色，自然該受譴責，但是他的'迷戀'終於成爲眞心實意的愛情，這顯示了他靈魂中美好的一面。對於這一個人——不是皇帝！——不能只從一方面來評判。劇作家好像是在某種猛然的省悟中認識了現實主義手法的實質，這樣說算不算誇張呢？"（第 142 頁）

關於元雜劇中如何塑造文臣、武將、官吏與罪犯、造反者與隱士、書生、商人、農人以及婦女（千金小姐、青樓歌女、潑辣的丫鬟），索羅金也——做了介紹。每一類人都有專門的一節。作者這樣分析文臣形象："旣然理想的君王應是'無爲而治'，那麼劇中的大臣就應在處理國事和決定人們命運方面起決定作用。由此可以明白，爲什麼對這類大臣行爲的評判，比對君主更爲苛刻，爲什麼對他們在道德上的褒貶顯得毫不含糊。對這類大臣的一切行爲和感情，劇作者完全以國家政治、功名利祿、權勢地位的動機加以解釋。甚至在家庭私事上，也莫不如此"（第145頁）。評述"良臣"形象時，索羅金說，雜劇大多數人物都兼有戲劇的和勸懲的兩重職能，在反面形象中，這一點表現得尤爲明顯（第155 頁）。元雜劇對統治階級上層人物的邪惡與罪孽的譴責，可以說是無所不包、淋漓盡致的。在這方面，劇作家儘可以從史書中去擷取事實。高文典册的史書本來只供有知識的統治階層閱讀，而劇場卻向廣大觀衆開放，"它可能促使人們對封建制度的絕對合理性和不可動搖性產生懷疑"（第 156 頁）。

在談及文臣的形象時，索羅金論述了元雜劇與歐洲戲劇的異同。他說：" 和（歐洲）古典戲劇不同,在元代劇作家的頭腦裏,根本不存在義務與感情之間的悲劇性衝突,以及由此產生的人的內心矛盾的主題。元代劇作家筆下的人物都明確地知道在困難局面下應如何行動。如果這些人物違背了應有的行為方式,那並不是由於內心的衝突,而是由於某些非常具體的原因,一般是由於利己的打算。至於正面人物,他們照例是不假思索、毫不動搖地按照義務的要求行事的 "（第 150 頁）。

講到以武將為主角的戲,索羅金談了一點有趣的研究心得。他研究了所有現存的劇本以後說,戲曲裏面有許多身穿盔甲的愚蠢、膽小、愛吹牛的滑稽角色,這反映古代中國的知識階層對武人及其中" 沒有教養的 "份子的普遍蔑視的態度,"而我們知道,在封建時代的歐洲,目不識丁的騎士在學問家面前的優越感,倒是更是典型的現象。另一方面,元雜劇常把文官刻畫得卑劣、陰險、凶狠,但幾乎從來不塑造成可笑的人物"（第 157 頁）。他發現表現英雄豪傑的戲,總" 喜歡 "以歷史上四個時期即漢興、三國、初唐、殘唐五代為背景,其原因在於這是一些天下大亂、戰爭頻繁、群雄四起的時期,正是好漢與奸雄各逞其能的理想時代。

下一節是講所謂公案戲。作者認為這類戲有三點值得注意:在戲劇方面,情節安排巧妙,運用了神秘的因素;文學方面,開濶了" 視野 ",窺見了" 人類生活的最隱密的角落 ",劇作者們不是把國家和朝廷的命運,而是把普通人的命運放在中心地位;最後是公案戲的社會意義——這類劇本尖銳地揭示了時代的罪惡,貪官污吏凶橫殘暴,窮苦百姓備受欺凌。索羅金反駁了西德社會學家W. 鮑威爾的說法 ❸ 。 鮑威爾認爲公案戲的大團圓結局，"反映着儒家思想對其他各家思想的勝利"。索羅金在書裏寫道："在這類劇本裏面，神秘主義的因素，超自然力量的經常出現，是與儒家思想很難相容的。很明顯，這裏有講述異聞奇事的民間文學的強烈影響。"

反叛者和隱士這兩類截然不同的人物，被索羅金放在同一節裏。理由是：按雜劇作者的觀念，世上的善與惡一般並存於某種"動態平衡"的狀態中。但是在某些時期，由於某些原因（國家分裂、朝政混亂、暴君當權、外敵入侵），惡增而善減。"在這樣的時代，忠義之士必須做出抉擇，或是爲鏟除奸邪而奮起戰鬥，成爲反叛者，或是拒絕同流合污，成爲隱士。兩者雖有本質上的不同（一個是積極行動，一個是消極逃避），但是有一個共同點，即都以和社會，和社會加於人們的限制與義務實行徹底的（即使是暫時的）決裂爲前提"（第 170 頁）。通過分析宣揚忠義二字的梁山戲和表現李白（《貶夜郎》）、蘇軾（《貶黃州》）以及表現介之推形象的劇本，說明了以上的觀點。

索羅金說元雜劇裏年輕書生的形象彼此區別不大，以書生們爲主角的戲很多方面是雷同的。他發現早期才子佳人戲的關目有一定的公式，差不多全是喜劇，由此推想，元代劇作家對這類人物一方面持同情態度，但另一方面對其中許多人持有明顯的諷刺態度。劇作者好像是邀請觀衆來參加一場預先知道規則和結局的遊戲，"不過這場遊戲仍然能夠保證參加者觀賞到意料之外的事件，獲得愉快的消遣"（第 174 頁）。這些劇本的主要意義，在於使愛情進入元雜劇的世界。這種愛情是"充滿情慾的、塵世的

愛情，但同時又富有詩意，能衝破一切屏障和禁令，有時純潔到
瞻怯的程度 "，它反映了宋元時代城市居民對個性的新態度的萌
芽。研究者同時提醒人們不要 " 過高估計劇作家對舊傳統抗議的
力量，企圖在劇本裏發現對整個封建道德的挑戰 "。

　　索羅金注意到元雜劇大部分是從家庭的角度表現婦女的形象；
女將、皇后的形象很少見，愛情問題佔主要地位。元雜劇中有些
女主人公敢於大膽表露愛情，不顧一切阻力去和意中人相會，如
鶯鶯的所做所為。索羅金說元雜劇對歌女的同情和關心，令人覺
得包含着個人的因素，因為勾欄瓦舍同在一地，歌女與女伶的社
會地位並沒有多大區別。最後，分析丫鬟的形象時，指出其中有
的（如紅娘、樊素 ）無疑具有創新的意義，證明民主傾向在當時
的戲劇中得到了發展。

　　商人的形象給人以雙重的感覺。一方面，劇本贊揚他們辦事
誠實、勤奮有為、善於持家的長處，另一方面又譴責他們唯利是
圖、貪得無饜的短處。在劇作家的筆下，腰纏萬貫但粗俗淺陋的
富商們的出場，將要代表一股排擠那些溫文爾雅但往往一貧如洗
的讀書人的勢力。

　　農民的形象在元雜劇中不僅稀少，而且大都以安居樂業的村
民的面貌出現。這遠遠不符合當時的現實，也完全不像杜甫、白
居易詩中的痛苦不堪的農民。索羅金揣測，這可能因為元雜劇作
者是與農村生活失去聯繫的純粹市民。此外，他還指出，城市中
的各個階層並沒有全都得到表現，幾乎見不到手工業者，也完全
沒有奴隸的形象，這些人顯然不在文學的視野之內，儘管在人口
中佔了相當大的比重。

元雜劇作者的世界觀

索羅金這本書的結論部分，題爲" 人及其在元代劇作家思想中的地位 "。其中說，元代劇作家認爲世界受着亘古不變的規律的支配，因此劇作家劇中周朝的生活與元代的現實很少有什麼差別。人一出世，就納入了某種神聖化了的人與人的關係和道德準則的傳統體系。索羅金分析了元雜劇中" 分 "與" 命 "的概念。有才幹的人不受這個" 分 "的約束，終於達到目的。他們一般用" 祖上陰德 "解釋自己的成功，但給讀者（ 觀衆 ）的印象是，他們所以成功，是靠本身的努力，但有一個條件，就是必須忠心耿耿効命於君主和國家，存有濟世救人之心。

西方中世紀作家和中國元代劇作家，對義務的認識有原則的不同。西方作家的義務概念，首先是爲上帝服務，而在中國劇作家眼裏，義務就是効力於國家、君王、家庭。這本書裏雖然沒有對比元雜劇與歐洲戲劇的專章，但實際上多處可以見到比較研究的論述。因而，作者在結束全書時能夠做出以下結論：" 元雜劇的思想美學特徵和概念，是一個複雜的，有時是矛盾的綜合體，拿它和……歐洲戲劇的某個發展階段做絕對化的比較是不可能的。如果就它的個別特徵來說，它接近於中世紀戲劇——奇蹟劇、滑稽劇、勸世劇；就它的另一些特點來說，類似早期文藝復興的戲劇，甚至接近較晚時期的市民戲劇……有一點是確定無疑的：十三、四世紀的中國古典戲劇不僅是中國文化中的、而且是全人類文化中的一個重大的現象，在許多方面至今保持着藝術的和認識的價值 "（ 第 303 頁 ）。

我們介紹索羅金的著作如此不厭其詳，因爲這是蘇聯研究中國戲曲的最重要的專著，代表蘇聯漢學的一項勿庸置疑的成就。這本書差不多融合了他以前發表的全部論文的內容，而沒有談到的，只有元雜劇中的釋道思想問題。關於這類劇本，索羅金發表過兩篇論文："道教劇——十三、四世紀雜劇的一種特殊體裁"❸❹、"十三、四世紀中國戲劇中的佛教情節"❸❺。第一篇文章論述朱權《太和正音譜》雜劇十二科中的第一科——神仙道化劇。現存元雜劇中可以歸入這一類的，他以爲有十種。他把馬致遠《任風子》看作這類戲劇的標本，談得最詳細。

索羅金認爲，道教反對的不是佛教，而是熱中功名的儒家思想。道教劇大多寫於元末明初。統治者對儒家的態度，由元初的否定變爲元末的肯定，失意文人的社會抗議，總是和道家思想發生聯繫。道教題材的劇本除了思想和關目，在風格和舞臺演出方面也都有一些共同的特點，所以索羅金把道教戲看成是雜劇中的一個特殊的樣式。

他的另一篇論文評述六種今存的佛教故事戲，認爲這些戲沒有體裁上的嚴整性，差不多所有劇本裏都混雜着佛道兩家的思想；對儒家思想，凡是提到的地方，都持否定的態度。劇作家的興趣，在於佛教的儀式，而不是它的世界觀。個別劇本甚至包含着對社會抗議的成分。索羅金將某些佛教戲與西歐的戲劇做了有趣的對比，是頗值得注意的。

明代戲曲研究

　　如果說由於索羅金的努力，蘇聯漢學界對元雜劇已經做了較
全面的研究，那麼關於明代戲曲，則還沒有專著出現。這方面有
已故的馬努辛的幾篇文章。馬努辛在七十年代初對十六、七世紀
的戲曲曾做過一些研究。此外便是列寧格勒大學東方系講師 T.
A. 馬里諾夫斯卡婭的一系列論文了。洪昇《長生殿》和孔尚任
《桃花扇》的片段，就是由馬里諾夫斯卡婭譯成俄文的（ 曲詞與
E. 維特科夫斯基合譯 ）⑯。雖然她的頭幾篇文章是談洪昇的創
作，而她主要的研究對象卻是明代和清初的雜劇。她寫了三篇論
文，循序描述了明雜劇的三個發展階段：“明初雜劇（ 十四世紀
下半期至十五世紀上半期 ）”⑰，“中國雜劇發展的明代中期階
段（ 十五世紀末至十六世紀末 ）”⑱，“晚明的中國雜劇（ 十六
世紀末至十七世紀上半期 ）”⑲。

明代雜劇

　　馬里諾夫斯卡婭在這三篇論文中間，對每一時期的主要作者
和他們今存的作品，都做了介紹。爲了敍述方便，她把全部作品
按照主題劃分了幾個組。當然她知道，這樣劃分只是假定的，但
是這便於對各時期作品進行比較。作者以該時期戲劇創作狀況、
社會生活環境、時代思潮等等因素，解釋某一組主題的出現或消
失。

　　談明初雜劇的那篇文章論及的戲曲有五十種。馬里諾夫斯卡
婭指出幻想題材的劇本在這一時期佔據首位。這些劇本的情節是
多樣的，基本上可以分爲神仙道化、仙女天神、民間傳說三組。
數量佔第二位的是大量的愛情戲和生活人情戲。表現歌女的劇本

構成其中特殊的一組，其情節關目與角色配置雖然和其他愛情戲差不多，但摹寫情感特別逼真生動。劇本對其他社會階層女子的描寫，突出她們對幸福的大膽追求，表現有情人終成眷屬。另一些劇本則歌頌夫妻間忠貞不渝的感情。下面一組是謳歌責任心與正義感的戲曲，最後一組是水滸戲。

以上的分組辦法不能說是獨創，很大程度上是以中國論者的意見為依據的。

論文作者說，和元雜劇比起來，明初雜劇的主題範圍要狹窄得多（歷史戲少了，未見到公案戲，幾乎沒有諷刺作品）；社會尖銳性也比元雜劇差。編劇手法，許多是因襲前人的陳套：女扮男裝、科場風波、朝使奉旨行賞等等。形式方面，她指出了一些新的現象：四折結構的突破，音樂基礎的改變（南北曲調合套），對唱的出現，配角也有了唱詞（這顯然是受南戲的影響）。

馬里諾夫斯卡婭的第二篇文章，指出明代中期雜劇內容的特點，是出現大量描寫前代著名文人學者和帝王將相的作品。當時劇作者多數曾任朝廷大吏，或對宦海生涯深感失望，或失寵被黜，寫作這類戲曲，是為排遣愁悶，發洩胸中塊壘。他們往往托古喻今，以古人故事比附本人際遇。這類戲曲結構體制雷同，關目簡單，僅以某一段插曲為基礎。這時期雜劇的另一特點，是幾乎完全沒有愛情戲；幻想戲也寥寥無幾，未有（至少在今存的劇本裏），歷史劇。但這時出現了描寫傑出女性的作品，頌揚她們在戰場和官場上的聰明才智，這是與明初不同的地方。作者認為，這一時期戲劇創作的主要成就，在於各類暴露和諷刺作品的產生。屬於這一類的，有反教權主義的雜劇，它們對喪失了戀愛婚姻權利的僧尼在生活中的畸形現象，進行了生動的描摹。

論文還指出，這時期雜劇的形式由於南戲的進一步影響而發生了急遽的變革。音樂伴奏、行當名目、場次稱謂、下場詩的出現等等，都反映出這種變革；還有一條，就是短劇的流行（不過這已與南戲的影響無關），情節沒有展開的"案頭之曲"在這個時期佔據了突出的地位。

馬里諾夫斯卡婭在研究明末雜劇的文章裏面把劇本按主題劃分爲五類：一、愛情生活戲；二、反映婦女命運的戲劇；三、歷史戲；四、暴露黑暗的戲劇；五、哲理宗教戲。第一類數量最大，在所研究的四十五種劇本中佔十五種。其中有純娛樂性作品（如王驥德的《男王后》），有按預定格式寫成的因襲舊套的作品（葉憲祖的《四艷記》），有細膩描摹男女愛情、離愁別恨的劇本（葉憲祖的《寒衣記》，還有馬里諾夫斯卡婭譽爲中國抒情戲劇中傑出作品的《桃花人面》）。這些劇本中的人物，女主人公的社會成分比男主人公複雜。元代和明初雜劇中財主、商人一類典型人物，在這時期的劇本裏幾乎不見了，從而"書生——佳人——商人"之間的三角關係已不再是典型現象。作者注意到這一時期愛情戲中慣用的某些藝術手法，如讓某一物件作線索在主人公命運中起關鍵作用。葉憲祖的六種戲曲，全是以物名爲劇名。

列入第二類的，共有四個（陳與郊的《昭君出塞》、《文姬入塞》，徐士俊的《春波影》和來集之的《鐵氏女》）。研究者認爲這類戲的出現，本身就是很有意義的事實，與當時進步思想家關心男女平等問題是有聯繫的。

歷史戲有三個（《易水寒》、《殘唐再創》、《焉座記》）。

刻畫歷史上的英雄，是希望今天出現能夠挽救王朝的剛烈之士，描寫前代的權奸（唐朝的田令考，漢朝的田蚡），是影射當代的魏忠賢。列爲暴露性作品的，有徐復祚《一文錢》、呂天成《齊東絕倒》等九個。研究者留意到，含有尖銳抨擊儒家正統思想內容的劇作，正是出現在明末❹。戲曲作家（尤其是《齊東絕倒》作者呂天成）在中國戲劇創作史上頭一次敢於冒犯儒家經典，把其中的某些教條變成嘲笑的對象。這時期許多暴露性作品，都帶有幻想的因素。

最後一類，即哲理宗教內容的劇本，差不多佔全數的四分之一。主要是佛教戲，其中常有道教人物出場，反映三教合流的觀點。如果說元雜劇作家感興趣的主要是佛教的外部儀式，那麼晚明的劇本則包含直接宣傳佛教教義的內容。

馬里諾夫斯卡婭文中對這時的公案戲、三國戲、水滸戲也都作了論述❹。至於形式方面，她認爲和元雜劇已經相去甚遠，四十八個劇本裏只有八個保留了四折體制，是以北曲演唱的，其餘是一至九折，而且以單折的佔多數，曲調則用南曲或南北合套，副末開場，自然是傳奇的影響。這些特點在清初的雜劇中又得到進一步發展。

朱有燉的劇作

馬里諾夫斯卡婭除了概括性文章，還寫了有關個別劇作家和作品的專論。她以青木正兒《中國近世戲曲史》以及鄭振鐸、陸侃如和馮沅君等人的中國文學史論著中的意見爲出發點，參考朱君毅等論朱有燉創作思想內容的文章"略論朱有燉雜劇的思想性"

（《光明日報》1957，12，1），詳析了朱有燉的"慶壽戲"以及神仙道化、宣揚忠孝節義、描寫梁山人物的劇本。她特別注意愛情題材的劇本，首先是描寫歌妓的極爲出色的劇本，這些劇本熱情謳歌女主人公的忠貞。她認爲最優秀的，是《劉盼春守志》，劇作者擺脫陳套，另闢蹊徑，採用了悲劇的結尾。對朱有燉劇作的某些特點，如增添角色行當以更準確地表現人物典型特徵，科場風波，朝使奉旨行賞，女主角喬裝成男子等等，也做了介紹。朱有燉常用的一些手法，如通過探子之口描述戰鬥場面等難以在臺上表現的場面，被明代許多劇作者仿效。他的許多雜劇已經打破了古典的形式（有兩齣戲打破了四折體制，每個人物都有唱詞，採用了對唱形式等）。

朱有燉戲曲裏面出現的這些新的特徵，在後來的戲曲創作中得到進一步發展。就內容來說，他的作品的價值是參差不齊的，但是我們根據這些作品，可以了解到傳統情節的發展"公式"，了解到十五世紀的戲劇處理民間文學題材的手法有哪些特點。

爲了使蘇聯讀者對明代戲曲有一個更完整的概念，馬里諾夫斯卡婭還對兩種取材於中山狼寓言的戲曲（王九思《中山狼院本》，康海《中山狼》雜劇）進行了比較分析❷。她着力闡明兩個作品的中心思想，即對恩將仇報行爲的譴責，注意到它們的諷刺劇的形式和對墨翟兼愛主張的嘲弄。她和中國論者的意見一樣，認爲這兩個劇本在中國戲曲文學史上有重要地位。

徐渭及葉憲祖的劇作

馬里諾夫斯卡婭還寫過一篇文章，是評論著名戲曲理論家徐渭的❸。文中對《南詞敍錄》有相當詳細的述評,但主要內容卻是分析他的《四聲猿》,介紹了劇本的創作過程。《四聲猿》各劇的情節雖然不是新創,但每一種都注入了新意,獲得了新的特色。徐渭的觀點與李贄接近。徐渭的雜劇鞭撻了權勢者的專橫跋扈,嘲笑了那類人物的渺小卑劣,宣揚了男女平等、個性自由。另一個特點就是與民間文學關係密切,劇情採用民間傳說,大量使用俚語、民諺,以民間曲調入戲等等。

關於學術界研究不多的葉憲祖創作,馬里諾夫斯卡婭也進行過探索❹。她分析了《四豔記》、《罵座記》等九部作品之後,說葉憲祖戲曲劇情多爲虛構,即便取材於歷史或文學,也總是不顧史實或原著而給故事加上大團圓的尾巴。劇作的舞臺性靠趣味性和滑稽場面造成。葉憲祖慣用的某些藝術手法,如製造種種巧合奇遇,如以某種信物爲劇情的關鍵,都給人以人爲編排的印象。

孟稱舜的劇作

馬里諾夫斯卡婭另有一篇文章,專談明末孟稱舜的劇作❺。該文特別留意於愛情戲,認爲《桃花人面》不僅可以稱爲孟稱舜的壓卷之作,也可以說是那個時代中國愛情戲中最優秀的作品。此外還談到雜劇《眼兒媚》的成就,強調孟稱舜的愛情戲接近於臨川派。關於借古喻今的暴露性作品《死裏逃生》和《英雄成敗》(一名《殘唐再創》),馬里諾夫斯卡婭一一點明了它們抨擊的對象:成爲人民造反根源的亂臣,腐敗的科舉制度,惡僧的凶狠殘暴。劇作家不拘泥於歷史文獻的記載,《英雄成敗》大部份情節都是虛構,如說黃巢因無力行賄,而屢試落第,說他死於和鄭敗的格鬥，而不是退出長安後自盡。

馬里諾夫斯卡婭歸納孟稱舜雜劇的特點是：情節緊張有趣，曲文優美典雅，大部用北曲，但對古典的形式有重大突破。劇作者是極端重視舞臺性的少數戲曲作家之一，因爲當時大多數劇作者更愛寫所謂案頭之曲的劇本。孟稱舜雖然採用雜劇體裁，基本依照北曲格律，但並不嚴守雜劇的結構體制。他的《桃花人面》不是四折，而是五折，並像傳奇一樣加了一個短小的開場。

馮夢龍的劇作

馬里諾夫斯卡婭曾著文評論馮夢龍傳奇及他如何改編前人的作品❹。馮夢龍的戲劇創作活動在中國似乎還很少有人研究。馬里諾夫斯卡婭認爲馮夢龍之注重戲曲，是因爲這一通俗文學形式對社會各界能起教育作用，而這正是馮夢龍心目中文學作品的使命。

馮夢龍的兩種傳奇《萬事足》和《雙雄記》，內容上未脫離傳統，但其中表現貪官汚吏、無告小民、凶殘獄卒的場面說明了作者的進步思想。馮夢龍的主要戲曲創作活動，是對前人作品的改編。他試圖把一些內容有價值的劇本改得更有舞臺性，容易被觀衆接受。從他改編《牡丹亭》爲《風流夢》的實例，可以看出他的改編原則是協調曲律，芟除枝蔓，常常調換場序，使劇情的發展更符合邏輯，有時則改變“齣”名而不改變人物。他在“風流夢小引”中表述的有關戲曲創作和舞臺藝術的看法，可歸入吳江派，但某些方面（追求人物的個性化、生活描寫的逼眞性）和臨川派也有一定接近的地方。通過對馮夢龍戲曲創作活動及言論的研究，使我們對十六、七世紀中國戲曲理論和舞臺藝術的狀況，知道了一個大概。

《東郭記》與《齊東絕倒》

孫鍾齡（仁孺）的《東郭記》❼、呂天成的《齊東絕倒》❽，馬里諾夫斯卡婭都有文章談到。孫鍾齡借戰國時代故事，把現時的世態刻畫得入木三分，揭示了明末社會風氣，嘲笑了那些貪圖榮華富貴的人物及其為此目的而採取的手段；揭露了官吏和朝臣的醜態、賄賂公行，以及他本人目睹的一切醜惡現象。陳仲子性格的兩重性——十分高潔但一無所能——反映了劇作者本人世界觀的兩重性。孫鍾齡生活於明季末世，所見的是世風日下，道德淪喪。他有理由認為世界是“污濁”的，但又不知道如何改變它。可能他看不出陳仲子除隱遁桑麻之外還有什麼別的出路，雖然並不認為這是一條理想的出路。對陳仲子的嘲諷也是作者的自嘲，承認自己無能為力。這齣戲結構嚴謹，劇情發展連貫順暢，邏輯性強。雖是暴露性傳奇，但也不乏愛情場面，且寫得生動活潑，不斷挖掘出中心人物形象的新的側面。劇中還穿插了一場富有民間色彩的挿科打諢的滑稽表演。馬里諾夫斯卡婭對《東郭記》高度的藝術技巧和深刻的揭露性內容給予很高的評價。

《齊東絕倒》寫成於十七世紀之初，不是偶然的，這時期具有進步思想的知識份子對於以八股取士的科舉制度流露出日益增長的不滿。在這齣雜劇裏，古代聖賢遭到嘲笑，是中國戲曲中史無前例的現象。劇作者還揭示，包括《孟子》在內的儒家經典中關於古代聖明君主的記載，其實矛盾百出，不合邏輯。戲裏沒有一個正面人物，舜也有兩面性，對天下大事也是不負責任的。中國戲曲中常用的由劇中人自我揭露的手法，在這個劇本裏發揮了很大作用。劇中還廣泛採用了另一種手法，或可稱爲“非邏輯手法”，即有意識地混淆時間與事件，前人說後人的話（如象陶本人反駁漢朝劉安有關象陶的言論）；以出處不同的互相矛盾的說法來敘述同一事件。這類手法是爲了達到諷刺和造成喜劇效果的目的。馬里諾夫斯卡婭說這個劇本的形式“完全打破了雜劇的古典形式”，儘管仍是四折。她還指出由於其中的科白大大超過唱詞，使這個劇本變得缺乏舞臺性。

戲曲中的蘇東坡

馬里諾夫斯卡婭有一篇專談以名詩人爲主角的劇本的文章❹，以描寫蘇東坡的雜劇作爲實例。她縱觀了這個題材的雜劇在各個時代（從元至清初）的特點。十六世紀下半期以後，描寫詩人的戲曲作品大量增加，蘇東坡成爲戲曲中最愛串演的人物之一。這位集儒、道、釋三家思想於一身的大學問家、大文豪的複雜形象，對於戲曲作家顯然具有極大的吸引力。蘇東坡是以不同面貌出現在戲曲的舞臺上的。有時是一個懷有用世之志的眞正的儒家；有時是寄情山水、幻想道家清靜自然生活的詩人，有時又是一個準備皈依佛法的人。馬里諾夫斯卡婭依此把有關蘇東坡的雜劇分爲三類：描寫詩人的仕途坎坷以及和王安石的關係的（元費唐臣《貶黃州》、明初無名氏《醉寫赤壁賦》）；描寫遊赤壁的（明許潮《遊赤壁》）；表現蘇東坡對佛教態度的（元吳昌齡《東坡夢》、明陳太乙《紅蓮債》、周如璧《孤鴻影》）。

描寫前代詩人的劇本，一般都取材於民間流行的傳說，劇作者往往杜撰一些不見於正史的故事，容許犯時代錯誤，有時還加進幻想成分，劇中常以詩人的某一作品爲中心。至於選擇哪位詩人，既取決於劇作者個人好惡，也取決於能否通過描寫主人公的某一側面來抒發劇作者本人對現實的看法。因此，十六世紀中葉以後，儒家威望下降，劇作者便不再把蘇東坡描寫爲孔孟之徒，而把他表現爲一個既有恣肆狂放的道家氣質又存崇敬佛法之心的人物。

戲曲中的卓文君

前面說過，B.C.馬努辛也研究過明代戲曲，寫過一篇論卓文君形象的文章❺⓪和幾篇關於湯顯祖的論文。

馬努辛曾從事李贄思想及明末進步思想家反封建禮教鬥爭的研究。他留意描寫卓文君的劇本，是與這項工作有關的。他在六十年代至七十年代初的幾次學術會上就這個問題作過報告。馬努辛試圖闡明中國十六世紀發生的思想對抗，特別是關於婦女貞節問題上的對抗。曇陽子與卓文君是兩個截然相反的典型，曇陽子原名王燾貞，是明相王錫爵之女，因未婚夫亡故，便削髮爲尼，卒於二十二歲。站在正統立場上的王世貞對這個矢志守節的烈女頌揚備至，而進步的思想家們卻擡出來一個勇敢堅決的卓文君的形象與之抗衡。馬努辛引證了李贄稱讚卓文君與相如私奔的言論（李贄《藏書》，北京，1957，第 625 頁）。戲曲作家孫柚對卓文君的評價，與李贄的觀點是接近的，但其傳奇《琴心記》至今未得到應有的重視❺①。《史記·司馬相如傳》僅說文君"新寡"，

傳奇解釋爲文君未婚夫忽然死去，因而是未嫁就守寡❷。也就是
說，她的處境與王嬌貞完全相同，但她堅持愛的權利，置禮法於
不顧，和詩人私奔（朱權《卓文君私奔相如》）。在孫柚的本子
裏，文君與相如結爲夫婦後，也曾出家爲尼，但她避入空門是爲
抗拒父親要她再嫁的逼迫，保持對丈夫的忠貞。馬努辛的結語是：
"在我們面前呈現出兩種理想……和世俗的、肯定生活的、號召
爲幸福而鬥爭的理想對立着的，是一種蒼白的、禁慾主義的、宗
教的‘理想’……它號召人們爲了‘拯救罪惡的靈魂’而犧牲自
我。"

湯顯祖的劇作

馬努辛另外兩篇文章同時發表在 1974 年，談湯顯祖取材於
唐蔣防傳奇《霍小玉傳》的兩種戲曲問題。關於湯顯祖的戲劇創
作，蘇聯讀者過去是不大瞭解的❸。第一篇文章評論湯顯祖於
1577 至 1579 年完成的改編作品《紫簫記》❹，以及那正是這位
未來的大劇作家赴京考試接連失利的時期。馬努辛指出，蔣防和
湯顯祖處理這個故事，態度不同。前者把注意力放在霍小玉一類
人的不幸遭遇上，後者則要表現出"真正的愛情一旦產生，就不
會也不能消失"。在湯顯祖的戲曲裏，重點轉移到男主角方面，
並曾以男主角的姓名作爲劇名。李益形象的重新塑造符合時代的
要求，這個形象在湯顯祖筆下由一個典型的儒生，一個相當輕浮
的命運寵兒變成了一個"有愛國思想的、博學多才的當時的先進
人物"。湯顯祖在婚姻問題上的進步思想和維護婦女平等地位的
李贄是很接近的。在高度評價這個劇本的同時，馬努辛還指出了

其中若干缺點（以取消主人公面臨障礙的辦法緩和衝突，結局過於突然等等）。

　　馬努辛在對和上述劇本同一題材的劇作《紫釵記》的評論中說❺，唐傳奇的故事和細節在《紫釵記》劇本裏保留得較多，但劇中霍小玉之母仍與傳奇相反，允許小玉自己決定命運，這裏可以看出作者意在維護年輕人戀愛婚姻的天然權利。馬努辛根據《紫釵記》中李益的曲折遭遇，概括出明代戲曲文學中的幾類典型衝突：太尉招狀元爲婿，妻子誤信丈夫負心，朝使宣旨給受害者封官。他從這個角度比較了湯顯祖和其他劇作家的創作手法。高明（《琵琶記》）劇中的主人公屈從丞相意旨，背棄前妻，而晚出的戲曲（邵燦《香囊記》、王玉峰《焚香記》）男主人公卻以已有妻室爲理由拒絕招親。湯顯祖也遵循了這個傳統。談到霍小玉聽到誤傳丈夫負心的情節時，馬努辛指出霍小玉的形象和上面提到的幾種劇本中的女主人公是不同的。在那些劇本的女主人公身上反映出來的，不是像小玉那樣對愛人忠貞不貳的崇高感情，而主要是對丈夫持節的封建節烈觀念。在“聖旨”的文詞裏，也反映出湯顯祖對人的感情的重視。它迥然不同於明代其他戲曲中的聖旨，不搬用儒家教條，不援引三綱五常，而是以一般人的道德倫理規範作爲依據（夫妻之間的忠貞與義務，見義勇爲的美德）。丈夫思念愛妻的心理描寫，小玉富有人情味性格的着力刻畫，都屬於《紫釵記》的創新性的特點。這些都與劇作家的進步觀點有關。湯顯祖是陳腐的儒家教條的無畏的批判者，是人們自由表達感情權利的勇敢捍衛者。馬努辛強調，湯顯祖的觀點是在“早期啓蒙主義者”李贄的影響下形成的。

清代戲曲研究

　　清代戲曲文學在蘇聯的介紹，遠遠少於元明戲曲。蘇聯讀者能見到的，僅有馬里諾夫斯卡婭翻譯的洪昇《長生殿》和孔尚任《桃花扇》兩劇的片段，再就是索羅金所譯楊潮觀的單折雜劇《罷宴》。這幾篇譯文都收在兩百卷《世界文學大系》的《東方古典戲劇》分册裏面。至於研究工作，目前還僅限於清初。從事這一時期戲曲文學研究的，除了讀者已經知道的馬里諾夫斯卡婭，還有莫斯科大學亞非國家研究所講師 Л.古謝娃。馬里諾夫斯卡婭寫過介紹清初戲曲的兩篇短文。其中一篇❺按照十七世紀下半期的中國雜劇的主題做了如下分類：一、歷史題材。在明朝覆亡、清朝政權建立等事件的影響下，歷史題材大為流行。劇作者利用描寫古代生活和隱士的作品，抒發亡國之痛和對現實的不滿，把遁世視為對現狀的消極抗議，也視為一種修身養性的途徑。二、愛情戲，反映婦女命運的傳統題材。傳統題材在這時的戲曲中有了新特徵，例如在反映婦女命運的戲曲裏面不僅頌揚某些非凡的女性的才學和本領，而且着重表現她們是勝過男子的，不少人是為伸張正義而奮爭的巾幗英雄。這時的愛情戲不全以大團圓結束，也是對傳統的突破。《西廂記》對清初劇作有強烈的影響（出現兩種新的改編本）。幻想題材作品和明初神仙雜劇相近，以描寫道家群仙為主，並不宣揚什麼哲理和宗教的教義（除了極少數例外），但帶有一定的揭露的成分。譜寫前代天才人物的劇本這時又大為流行，往往以某篇傑作為故事中心，關目平淡而有大量議論，是一些專供有學識的觀衆欣賞的短劇。以上就是十七世紀後半期中國劇曲創作的特徵。對於這一時期的具體作品，馬里諾夫斯卡婭在"十七世紀的中國雜劇"一文中做了分析❺❼。她研究了清初的十三種雜劇，認爲從形式上說，受傳奇影響，與元雜劇有了明顯的差異，當然復古傾向也是有的；從內容上說，許多仍是舊的東西，特點仍是關目平淡，作者力圖借戲曲抒發胸臆，有對古代民族英雄的謳歌和一代興亡之感喟，有對女子的才學、愛國思想、自我犧牲精神的表彰，有對消極遁世思想的宣揚。由於存在闡述這類觀點的大段文詞，致使這些作品難被廣大觀衆接受而只能被少數人理解。

雖然雜劇在清初已經不是佔主導地位的體裁，但是對它的研究可以豐富我們對於中國十七世紀戲曲創作的知識；這些雜劇的內容和思想有助於我們瞭解那個時代戲曲作家最關心的問題。

洪昇《長生殿》

馬里諾夫斯卡婭研究中國戲曲是從研究洪昇及其《長生殿》入手的。她的博士論文就是以此爲課題，可惜至今還沒有印出單行本。作爲寫作博士論文的準備，她發表過幾篇關於洪昇及其創作的專題文章❺❽。除了有關洪昇的大量文獻，連洪昇寫作《長生殿》時可能參照的前人著作，她都做了考察。對洪昇影響最大的自然是白樸《梧桐雨》和白居易的《長恨歌》。但是洪昇描寫李、楊，有他自己的意圖，那就是表現生死不渝的愛情的勝利。帝妃形象的塑造，尤其是對唐明皇的描寫，基本上是承襲傳統，但這個戲裏的皇帝形象比以前的戲裏顯得更爲複雜（既有天子的自尊又有純粹人性的軟弱）。對於楊玉環的描寫受傳統影響比較少，洪昇筆下的這個人物是一個正面形象，是一個甘願爲愛情、爲拯救君王獻出生命的女子。稱頌楊貴妃就是對總是把國家的危難歸罪於女人的封建史學的批判。《長生殿》中的女主角不是安史之亂的禍根，而是安史之亂的犧牲品。筆者覺得，馬里諾夫斯卡婭文章最可取的地方，是作者在劉大杰、關德棟、趙齊平等中國研究者以後，對洪昇創作的廣闊性和深刻性繼續進行了努力的探索。她提出，無論是只看到《長生殿》裏的愛情衝突（周來祥、邵曾祺等），或者只注意到劇中的愛國主義和對封建社會陰暗面揭露的內容（方徵、程千帆、馮沅君），否認唐明皇和楊貴妃之間存在愛情的可能性，都是不對的。

在這個劇本的風格特點方面，馬里諾夫斯卡婭把研究的重點放在體裁特徵和對前人作品的借鑒上。她在分析劇本語言的時候，查閱了《佩文韻府》，發現了許多描寫手段，是《韻府》中載有的傳統手段。還有一些形象用語，是從元曲裏借用的。她把劇中的曲詞分成了以下幾類：一是“傳記性的”，如自報社會地位、經歷等等；一是“肖像性的”，形容人物的外貌；一是“說明性的”，說明人物的行爲、思想感情和物件等。傾訴衷曲的抒情曲詞佔主要地位。賓白大量使用形象用語，個別角色的切合其社會地位的語彙特色，都十分引人注目。這一點在寫得非常生動幽默的群眾場面裏尤爲突出。馬里諾夫斯卡婭對《長生殿》的評價極高，說是中國十七世紀戲曲文學的光輝成就，證明了洪昇的藝術方法已經接近於現實主義的描寫手法。在這個主體是現實主義的劇本裏攙進了幻想以及佛、道神仙的成分，是對傳統的遷就，某種程度上也是這位十七世紀劇作家本人世界觀的反映。

孔尚任《桃花扇》

　　1970 年以後，古謝娃開始研究清初的另一部戲曲傑作《桃花扇》，陸續寫文章、做報告，談這個課題。她頭一篇文章裏，把《桃花扇凡例》翻譯了出來，對孔尚任在《凡例》中表述的觀點做了詳細的闡發❺。她拿這些觀點和呂天成、李漁的戲曲理論互相比較以後，說《桃花扇》作者"代表着對中國戲曲中的保守陳舊事物持否定態度的一派"，"主張在完全新的基礎上，也就是必須根據作者的旨趣進行創作"（我在這裏補充一句：湯顯祖在這一百年以前已經提出過同樣的主張）。古謝娃這樣比較孔尚任的創作觀點與歐洲作家的創作原則："孔尚任是中國最早寫出以社會政治問題作為情節主線的公民愛國主義劇作的作家。這一點和英國的艾狄生相似。孔尚任也接觸過法國狄德羅著作裏提出的虛構問題，但是孔尚任最接近的，看來還是義大利人卡爾羅·戈爾多尼。戈爾多尼意識到陳舊的即興手法在藝術上已經到了末路，所以他在改革中提出了'宣傳新思想，描寫新人物'的口號"（第 271 頁）。

　　古謝娃 1972 年發表的論文簡短地介紹了《桃花扇》中的幾個主要人物❻。她特別注意到第四十齣《入道》的追薦文裏面提到的"殉難"群僚的名單。那裏面一共有二十四個人。古謝娃提醒人們留意范景文、李邦華、馬世奇這幾個名字。這些人都是東林書院的活躍份子，其著作列為禁書，姓名也從正史裏剔除了。劇本裏的追薦文提到他們，就使這篇文字帶上了"反對派的色彩"。

論文的第一部分評述後來歸山入道的錦衣衞儀正張薇的形象，接下去就談侯方域和李香君。作者從歐洲古典主義戲劇裏典型的"愛情與義務"問題的角度，討論侯、李的關係問題，認爲孔尙任"寫出了一場古典主義式的衝突，同時……反映出社會政治鬥爭中的一個特別尖銳的時刻"。

她的另一篇論文聯繫當時文化專制的時代背景，探討了《桃花扇》劇本的遭遇以及劇作者的生平 ❻。她提出一個問題：一個旣寫了被禁團體（東林黨人）又寫了著作遭禁毀的有名激進人物（如主角侯方域）的劇本，爲什麼沒有被宣佈爲大逆不道，反而能在皇宮裏演出？她歸結出兩類原因，一類是暫時的，和劇本創作過程與作者在世時演出的具體情況有關；一類是長久的，和作者的身世有關。她還說，在宮廷裏演出的不是全本，只是第十六齣和第二十五齣，所以康熙皇帝也許不知道主角是侯方域（筆者認爲此說是不能成立的）。關於《桃花扇》脫稿以後孔尙任的經歷，關於他忽然升遷和忽然被罷官，論文裏也談了許多看法。古謝娃根據汪蔚林爲《孔尙任詩文選》（1962年，中華書局）寫的跋語中所說罷官是因文字而賈禍 《光明日報》，對劉雁霜在（1965，6，27）發表的文章的觀點提出辯駁。劉文僅憑這個劇本形式上沒有遭禁一點，就說它沒有愛國主義思想，是"適應清初統治者的政治需要"。古謝娃注意到孔尙任關於《桃花扇》完稿後遭遇的困難敍述（從它刻版印行之難可以看出當局不讓它流佈的用心。這個材料一向是被其他論者忽視的），認爲劇本之所以沒有被查禁，全是因爲孔家享有的地位。孔尙任是孔子六十四代孫，可以免受懲罰，但由於《桃花扇》有違礙的內容，作者死後沒有得到謚號，也沒有得到宣付立傳。這本身就是一種特殊形式的懲罰，即"沉默的批判"。

古謝娃的另一篇文章試圖闡明孔尚任創作裏的民間傳統❻，這表現爲劇中有一系列來自民間的人物：老禮贊（原型是著名山東說唱藝人賈鳧西）、漁翁（柳敬亭）、樵子（蘇昆生）。老禮贊和村民的交往，後來的歸隱山林，說明這個形象是人民因素的代表；漁翁和樵子"在孔尚任的作品裏是人民記憶的保存者，舞臺就是他們的講壇"（第 169 頁）。

在遠東文學討論會的例會上，古謝娃做過一個報告，通過《桃花扇》中喜劇人物形象鄭妥娘，談戲曲中的角色行當和性格問題。她的意見是，孔尚任爲了在劇本裏體現他的創作理論綱領，把一個丑角寫成了具有某種兩重性格的人，兼有喜劇和正劇人物的特徵。劇作家爲了防止扮演者以傳統觀念把鄭妥娘演成純喜劇的形象，在《凡例》中專門提出了限制丑行演員即興表演的自由。

戲曲理論研究

爲了全面起見，還有必要把蘇聯研究戲曲理論和舞臺藝術的情況，大致做些介紹。我在 1964 年發表過一篇探討李漁以前的中國戲曲理論的文章❻，這在蘇聯還是第一篇。我把 1959 年北京出版的十册《中國古典戲曲論著集成》收入的全部著作，大體上分成了三類：論演唱，即論戲曲音樂的；論戲曲音韻的；論戲曲文學的（如徐渭、李開先等人的著作）。第三類當中還可以分出小類，例如專門討論"品"，即審美範疇的問題（李漁的全面論述或黃旛綽論表演的著作都不包括在以上分類裏，它們單獨算一類）。拙文的頭一部分就專門談這個"品"字。選擇這個題目不是偶然的。早在 1916 年，蘇聯漢學鼻祖 B.M. 阿列克謝耶夫印出過一部洋洋巨著，書名就叫《司空圖詩品》，其中不僅研究了《詩品》，就連模仿它寫成的《畫品》、《書品》也都詳細地談到了。六十年代初期，研究中國藝術史的蘇聯學者們在著作裏也討論過"品"即美學範疇問題。我寫那篇文章，就是想根據呂天成和他的後繼者祁彪佳的理論，繼續進行這方面的探討❻。經過考察，我覺得依照這種審美品評範疇劃分作品等級的原則，實在主觀得很。清初戲曲評論家高奕的著作雖然也題名爲《新傳奇品》，可是就不採取按"品"來劃分類別的辦法，這不是沒有道理的。爲了讓蘇聯讀者了解中國劇作家的文藝批評和美學思想，我選擇了臨川派和吳江派的爭論作例子。我借助於《江海學刊》（1962 年第 12 期）上登的吳新雷的一篇詳細周密的文章，試圖說明把"情"放在首位、打破清規戒律、力求塑造有血有肉個性鮮明的人物形象的湯顯祖的進步觀點，以及崇尚"性理"的沈璟一派的濃厚的教條主義觀點。文中論及王陽明的"心外無物"觀和湯顯祖的"心"、"靈"觀所產生的影響。

　　蘇聯漢學界可惜到現在還沒有人認眞地研究過李漁的戲曲理論著作。只有馬里諾夫斯卡婭的一篇短文裏提到了一下❻。她說，就強調作者的構思和人物的個性化來說，李漁是繼承湯顯祖的，就講求音律來說，李漁則是和沈璟同調。李漁要求劇本應以寫情爲中心，這一點仍是承襲湯顯祖，但同時也提倡語言淺顯本色，這一點又符合吳江派的主張。馬里諾夫斯卡婭以爲李漁的最大貢獻，在於闡明了賓白和喜劇場面的寫作問題，在於注意到戲曲的社會意義和教育作用，以及戲曲為了讓觀衆接受而必須具備的特性。

　　C·A·謝羅娃是蘇聯科學院東方學研究所專門研究中國傳統戲劇的學者。她寫過一篇論十六、七世紀中國劇作家的思想觀點的文章，談的主要是湯顯祖的思想，題目是"道家人生觀與戲劇（十六——十七世紀）"⑯，其中涉及了明末各種哲學流派，包括湯顯祖的老師羅汝芳的人生觀和湯顯祖本人的人生觀。湯顯祖把人的生活看成是最大幸福，確信人本身的價值，這和道家的生活觀是對立的。《牡丹亭》裏的道觀情節已經被作者"文學化了，只起幫助作者表達中心思想和使戲劇增强趣味性成分的作用"（《中國的道和道教》第235頁）。人的感情是束縛不住的，是能戰勝一切的——這才是作品的中心思想。"湯顯祖屬於這樣一派：他們認爲戲劇作品不能基於對周圍世界的理性感受，而應當基於感性的感受。"（第236頁）

　　接下去，謝羅娃又剖析了洪昇的思想。她說《長生殿》好比是人的天上生活和地上生活之間的"對話"。作者的結論是：洪昇的作品宣揚的思想，即是"感情俱有包羅一切的意義，在權衡幽明兩界的優劣時，它使感情的天平傾向地上的生活，因爲地上的生活雖然短暫，卻充滿'感情的甘旨'"（第238頁）。謝羅娃還提出，"十六、七世紀中國戲曲作家對肉體享樂的觀點，與其說近似歐洲的巴羅克文學，不如說更接近於歐洲文藝復興時期自然不羈、肯定自我、意識到自我價值的肉體享樂觀。"（第243頁）

戲曲舞臺藝術研究

發表這篇文章兩年前，謝羅娃出版過一本論黃旛綽《明心鑒》的專著。《明心鑒》也叫《梨園原》，可以說是一部表演技巧規範化的經典❺。她認爲黃旛綽這本書還沒有得到中國以及蘇聯和西方漢學界應有的評價， 提議把全文翻譯出來並且加以注釋 。《明心鑒》主要內容是根據崑山腔的演出史，對作爲民族文化及哲學傳統的一個分支的表演藝術和舞臺藝術做出理論性的總結。

謝羅娃這本書用了幾章的篇幅談論舞臺形象的規範" 四狀 "和" 八形 "。她認爲這些規範提出了一系列問題，最重要的，是創作的規則與自由之間的比例關係，演員與臉譜之間的關係，演員的個性問題。" 八形 "把人看作兩個實體：社會外的（ 自然的 ）人和社會的人。社會的人們之間的對立反映着上層與下層、尊貴與卑賤之間的對立。結論是：中國十八世紀的社會思想，在解決本體論和人類歷史的問題上，是本着傳統的和諧理想的精神，因而，" 八形 "是把" 形 "的對立看成是永恒的現實，而不看成是當時社會的可悲的不合理現象，它促使演員實現與周圍世界的和諧，而不是和周圍世界分裂。

關於演員感情的規範，在舞臺形象規範的整個體系裏面佔着很重要的地位，它包含着兩個方面。謝羅娃認爲特別值得注意的是以下幾點：演員自身感情與劇中人感情之間的關係；演員對劇中人感情的闡釋；演員的感情與觀衆之間的聯繫，因爲演員與觀衆的情感交流、觀衆的情感反應，顯示着對劇情的社會評價。

謝羅娃對" 四狀 "包含的情、樂、喜、哀等範疇進行了詳細的分析。她以爲中國戲曲演員獨有的特點,一方面是通過本人的個性和技巧來表現形象的情感。在分析演員的創作過程的時候,她又探討了演員與形象之間的關係問題,也就是演員進入角色的分寸、程度問題。她指出,中國的戲劇理論要求演員與他扮演的人物在感情上融合爲一體,也就是所謂現身說法,並且以此造成舞臺幻覺。她反對布萊希特把中國演員表演中的"間離效果"絕對化的論斷。另一方面,她也看不出中國戲曲演員的表演與斯坦尼斯拉夫斯基的理論有什麼直接符合的地方。她認爲中國演員的體現(用的是這個術語的現代含意)可以用蘇聯著名導演兼理論家Г. 托爾斯戈諾夫下的定義來說明。"體現"這個詞的現代含意,旣包括感情的眞實,思想的集中,也包括理智和鮮明的公民性。即使公然地打破"第四堵牆",與這個含意也是不矛盾的,如果這時候演員繼續按照程式規範有機而自然地表演的話。

在談演員技巧的一章裏面,謝羅娃探討了舞台形體動作與舞蹈之間的聯繫,追溯了演員規範化身段的來源。她說早期劇場演員的身段似乎最接近佛教造像的姿態;後期的劇場,特別是戲曲表演舞蹈化了以後,來源於佛教雕塑與畫像的身段發生了演變,增加了特有的戲劇象徵手法,變得更加豐富了。謝羅娃另有一篇專門的論文("中國戲曲規範身段的淵源"——《亞非人民》雜誌,1970 年第 5 期),討論這個問題。在評論《明心鑒》的這本書裏還有一章是專門談表演技巧的審美準則的。

分析清代論著中反映劇場觀的章節也是書中很值得注意的內容。劇場是遊藝場所,劇場是社會講壇——這是深深植根於中國人民精神文化傳統的兩個緊密相連的概念。C．A．謝羅娃的這本書，實際上是蘇聯漢學界關於中國劇場和舞臺藝術理論的第一部研究著作。

結 束 語

　　在結束這本介紹蘇聯研究中國古典小說、俗文學和戲曲概況的小冊子的時候，筆者還想着重地說明以下幾句話。蘇聯讀者是從本世紀五十年代起才眞正接觸到中國文學的。最近二十年來，蘇聯漢學的研究水平有了很大的提高，規模也有了很大的發展，形成了一支以研究中國文學爲畢生事業的漢學家隊伍，分散在莫斯科、列寧格勒和符拉迪沃斯托克三個城市。中國古典文學研究是世界各國學者共同的事業，主力當然是中國學者。蘇聯漢學家們爲了在這個事業中做出自己的貢獻，正在積極努力地進行工作，力求使自己的研究成果符合現代文藝科學的水平，把中國古典文學的豐富寶藏更廣泛地介紹給蘇聯讀者。如果這本小冊子裏介紹的蘇聯作者們的論著能夠引起中國文學理論界的興趣，並且得到他們的反應，筆者將會感到無比喜悅。謹將這本小書奉獻於親愛的中國讀者面前，作爲對發展兩國文化交流的一點菲薄的貢獻。

1983 年 10 月 20 日

註　　釋

❶ 《雅典娜神廟》(Атеней)，1829，6，№.11，第453—458頁。
文章無署名。這一期還發表了一篇中國材料《中國皇帝詔令》(1799
年乾隆詔令)，署名 И. Кр. 上一年的《雅典娜神廟》雜誌(1828，№.
20)曾發表轉譯自法文的長篇小說《玉嬌梨》片段，也是這個署名。
這個縮寫字代表什麼人的姓名，還未能查出來。

❷ 見：M. Davidson. A List of Published Translations from
Chinese into English, French and German, Ann Arbor. Mi-
chigan. 1952, Part 1. P. 152。書裏說，《竇娥冤》的梗概在歐
洲首次見於圖理琛著斯湯東譯《異域錄》(Staunton G. T. Narr-
ative of the Chinese Embassy to the Khan of the Tourgo-
uth Tartars in the year 1712, 1713, 1714, 1715. London,
1821, p. 243-246)劇名譯為《學者之女雪恨記》(The Student's
Daughter Revenged)，與俄國雜誌上那篇文章中的譯名完全相同。

❸ 見 M. Davidson, 同上，第149頁。

❹ 見《俄羅斯導報》(Русский Вестник)，1842，№.4，第28頁。

❺ 公正地說，學識淵博的漢學家們並沒有注意這篇譯文。例如，В. П.
瓦西里耶夫在他的《中國文學史綱要》裏順便提到這個劇本的時候，
也只說有 A. 巴贊的譯文；後來出現的介紹中國戲曲史的著作，也都
沒有提及上述譯文。

❻ 見 В. П. 瓦西里耶夫《中國文學史綱要》——《世界文學史》，柯
爾施主編，彼得堡，1880，第1卷，第581頁。

❼ 同上，第582頁。

❽ 同上，第582頁。

❾ 同上，第583頁。

❿ 同上，第584頁。

⓫ 《東方戲劇》文集，列寧格勒，1929，第196—267頁。

⓬ 應當指出，這個劇本的俄譯文更早是在哈爾濱出版的《亞洲導報》

（Вестник Азии）上發表的（1914，No. 25，26，27）。

⑬ В.М. 阿列克謝耶夫《……優伶英雄》——《中國文學》，莫斯科，
1978，第 353 — 365 頁。

⑭ 《中國民間戲劇和中國民間繪畫》——В.М. 阿列克謝耶夫《中國
民間繪畫》，莫斯科，1966，第 58 — 112 頁。

⑮ Л.Э. 艾德林《關漢卿》——《文學報》，1958 年，6 月 19 日。

⑯ В.Ф. 索羅金《偉大的戲劇家關漢卿》——《蘇聯漢學》，1958，
No. 2，第 105 — 110 頁。

⑰ 見關漢卿《竇娥冤》，В. 索羅金譯，——《外國文學》，1958，
No. 9；關漢卿《救風塵》，В. 謝馬諾夫、Г. 雅羅斯拉夫采夫合譯，
《東方文選》，莫斯科，1958，第 2 冊，第 165 — 175 頁。

⑱ 孟列夫後來在《關於 <西廂記> 的新版本》（載於《亞非人民》，
1961，No. 6，第 165 — 167 頁 ）一文中，對中國出的《西廂記》不同
版本做了評介。

⑲ 見《東方學問題》，1961，No. 1，第 149 — 151 頁。

⑳ 周妙中《<西廂記> 雜劇作者質疑》——《文學遺產增刊》五輯，
1957，第 264 — 277 頁。

㉑ 《元人小令集》，陳乃乾輯，上海，1958，第 122 頁。

㉒ 見王實甫《西廂記》，王季思校注，上海，1954，第 19 頁。

㉓ 楊晦《再論關漢卿》——《北京大學學報》（人文科學），1958，No. 3，
第 58 — 89 頁。

㉔ Е.А. 謝列布里亞科夫《論元代劇作家馬致遠劇本 <漢宮秋> 》——
《東方國家語文學》，列寧格勒，列寧格勒大學出版社，1963，第
110 — 125 頁。

㉕ 見《東方古典戲劇：印度·中國·日本》（《世界文學大系》），莫
斯科，1976，第 263 — 448 頁。

㉖ 見 В.Л. 李福清《中國歷史演義與民間文學傳統》，莫斯科，1970，第 9 頁。

㉗ 同上書，第 222 頁。

㉘ 見李福清《東幹民間故事情節的淵源與分析》——《東幹民間故事與
傳說》，莫斯科，1977 年，第 414 — 417 頁。

㉙　同上書，第 437 — 440 頁。孟列夫的論文《論＜彩樓配＞的習俗》
（《東方國家與民族》，第 18 輯，莫斯科，1982，第 159 — 174 頁）
也研究過這個主題。

㉚　索羅金書中的劇情介紹在這方面勝過王季烈爲《孤本元明雜劇》寫的
著名附錄中的劇情敍述。

㉛　美國漢學家 A. Plaks 表示同意索羅金的觀點，認爲對於中世紀的白
話小說，這樣的結構原則也是有代表性的。

㉜　見陳健《略論＜梧桐雨＞雜劇》──《元明淸戲曲硏究論文集》，北
京，1957。

㉝　見　W. Bauer. The Tradition of the ≪ Criminal cases of
Master Pao≫.──≪ Orient ≫《包公判案》傳統──"東方學"，
1974，Vol. 23 — 24。

㉞　見《中國和朝鮮文學的體裁與風格》，莫斯科，1969，第 118 — 124
頁。

㉟　見《遠東文學硏究的理論問題•艾德林教授六十壽辰紀念論文集》，
莫斯科，1970，第 104 — 111 頁。

㊱　見《東方古典戲劇：印度•中國•日本》（《世界文學大系》），莫
斯科，1976，第 471 — 523 頁。

㊲　見《遠東國家的文學》，莫斯科，1976，第 44 — 53 頁。

㊳　見《遠東文學硏究的理論問題》（第九屆學術會議報告提綱，第 1 冊），
莫斯科，1980，第 123 — 130 頁。

㊴　見《列寧格勒大學學報》（歷史、語言、文學），1979，No. 20，第
4 冊，第 53 — 60 頁。

㊵　在此以前，馬里諾夫斯卡婭於 1974 年發表過一篇單獨的文章"明代
的暴露戲曲"（《東方學》文集，第 1 集，列寧格勒大學出版社，列
寧格勒，1974，第 164 — 174 頁），詳細分析了這一類別的作品。
文中闡明，十五世紀末至十六世紀初的戲曲作家怎樣從暴露道德的缺
陷（貪婪和狠心──無名氏《貧富興衰》、徐復祚《一文錢》；恩將
仇報──《中山狼》戲；傲慢──王衡《眞傀儡》等等）轉入對官吏
的專橫與貪贓的嚴峻的揭露，特別是對科擧制度的尖銳批判（王衡

≪鬱輪袍≫、孟稱舜≪英雄成敗≫）。

㊶ 馬里諾夫斯卡婭認爲這個現象是晚明雜劇脫離下層觀衆的證據。戲曲
創作愈來愈多是爲了案頭閱讀而不是爲了舞臺演出，這一持續發展的
過程也正好說明這一點。

㊷ 見≪描寫中山狼的兩種十六世紀戲曲≫——≪遠東文學研究的理論問
題≫，莫斯科，1974，第156—162頁。

㊸ 見≪徐渭及其戲曲遺產≫——≪東方學≫，第3集，列寧格勒，1977，
第97—107頁。

㊹ 見≪葉憲祖的戲曲創作（1566—1641）≫——≪東方學≫，第6集，
列寧格勒，1979，第134—145頁。

㊺ 見≪孟稱舜的雜劇（十七世紀上半期）≫——≪遠東文學研究的理論
問題≫，莫斯科，1978，第2册，第209—217頁。

㊻ 見≪馮夢龍的戲劇創作活動≫——≪歷史語文學研究·Н.И. 康拉
德院士紀念論文集≫，莫斯科，1974，第209—216頁。

㊼ ≪孫仁儒戲曲＜東郭記＞≫——≪遠東文學研究的理論問題≫，莫斯
科，1974，第113—119頁。

㊽ ≪齊東絕倒≫——≪東方學≫，第2集，列寧格勒，1976，第118—
125頁。

㊾ ≪成爲中國古典戲曲劇中的著名詩人（以關於蘇東坡雜劇爲例）≫——
≪遠東文學研究的理論問題·第十屆學術會議報告提綱≫，列寧格勒，
1982。莫斯科，1982，第2册，第149—157頁。

㊿ ≪卓文君與曇陽子：思想的對抗≫——≪莫斯科大學學報·東方學≫，
1977，№.4，第43—52頁。

51 例如，馬努辛就不同意法國漢學家伊夫·艾爾伍埃在一本關於司馬相
如的書裏發表的意見。艾爾伍埃儘管也承認孫柚的劇本有某些優點，
但是整個來說，他認爲這個戲是按傳統的公式寫成的，所以並不值得
注意。

52 年輕的寡婦爲什麼不住在婆家而住在娘家，由此便可以得到解釋。

53 俄文僅有孟列夫翻譯的湯顯祖≪牡丹亭≫片段（≪東方古典戲劇：印
度·中國·日本≫，第449—479頁）。

(54) ≪論湯顯祖＜紫簫記＞≫——≪遠東文學研究的理論問題≫,莫斯科，1974，第103－113頁。

(55) 見≪湯顯祖戲曲＜紫釵記＞≫——≪中國語文學問題≫，莫斯科，第74－88頁。

(56) ≪十七世紀下半期的中國雜劇≫——≪遠東文學研究的理論問題·第四屆學術會議報告提綱·列寧格勒，1970≫，莫斯科，1970，第31－33頁。

(57) 見≪中國的文學與文化≫，莫斯科，1972，第248－253頁。

(58) ≪論洪昇＜長生殿＞的創作意圖≫——≪列寧格勒大學學報≫，≪東方學≫，第10集，1959，第147－161頁；≪洪昇及其時代≫——≪亞非國家語文學研究≫，列寧格勒，1966，第144－153頁；≪論洪昇＜長生殿＞的形式兼論它的若干藝術特點≫——≪中國和朝鮮文學的體裁與風格≫，莫斯科，1969，第152－157頁。

(59) ≪孔尚任＜桃花扇＞凡例≫——≪國外東方文學史校際學術會議論文集≫，莫斯科，1970，第266－271頁。

(60) ≪孔尚任＜桃花扇＞中的主要人物≫——≪莫斯科大學學報≫（東方學），1972，№2，第52－57頁。

(61) ≪孔尚任＜桃花扇＞的命運≫——≪遠東文學研究的理論問題≫，莫斯科，1974，第120－127頁。

(62) ≪孔尚任＜桃花扇＞中的民間傳統≫——≪遠東文學研究的理論問題≫，莫斯科，1977，第163－169頁。

(63) 李福清≪中國戲曲的理論（十二世紀至十三世紀初）≫——≪東方國家文學與美學理論問題≫，莫斯科，1964，第131－160頁。

(64) 其中的一篇——≪曲品≫，已由索羅金翻譯成俄文，並且做了詳細的注釋(見≪歷史語文學研究·康拉德院士誕辰七十五周年誕辰特刊≫，莫斯科，1967。

(65) ≪＜閑情偶記＞——中國戲曲論著(十七世紀下半期)≫——≪列寧格勒大學學術會議報告提綱·亞非國家的歷史語文學≫，列寧格勒，1967，第25－27頁。

(66) 見C.A. 謝羅娃≪中國的道和道教≫，莫斯科，1982，第229－

243 頁。

(67) C . A . 謝羅娃≪黃旛綽<明心鑒>和中國古典戲劇的美學≫，莫斯科，1979。

附錄一

中國古典文學作品

俄譯本簡明表

（只包括單行本）

詩　歌

詩經　什圖金譯。科學院出版社，1957 年出版。610 頁。

《詩經》選譯　什圖金譯。國家文學出版社，1957 年出版。
298 頁。

屈原詩集　阿列克謝耶夫、古托維奇、艾德林等譯。國家文學出版社，1954 年出版。157 頁。

屈原詩集　費德林編輯。國家文學出版社，1956 年出版。302頁。

樂府・中國古代詩歌選　瓦赫金譯。國家文學出版社，1959 年出版。406 頁。

樂府・中國中世紀抒情詩選　瓦赫金譯。科學出版社，1969 年出版。111 頁。

七哀（曹植詩集）　切爾卡斯基譯。科學出版社，1962 年出版。143 頁。

七哀（曹植詩集） 切爾卡斯基譯。文藝出版社，1973年出版。166頁。

陶淵明抒情詩集 艾德林譯。文藝出版社，1964年出版。151頁。

陶淵明詩歌集 艾德林譯。文藝出版社，1972年出版。283頁。

李白抒情詩選 吉托維奇譯。國家文學出版社，1956年出版。174頁。

李白抒情詩選 吉托維奇譯。國家文學出版社，1957年出版。174頁。

杜甫詩集 吉托維奇譯。國家文學出版社，1955年出版。222頁。

杜甫詩集 吉托維奇譯。國家文學出版社，1962年出版。276頁。

杜甫抒情詩集 吉托維奇譯。文藝出版社，1967年出版。174頁。

王維詩集 吉托維奇譯。國家文學出版社，1959年出版。144頁。

王維詩集 蘇霍魯科夫譯。文藝出版社，1979年出版。237頁。

唐詩三人集（李白、王維、杜甫詩歌三百首） 東方文獻出版社，1960年出版。494頁。

白居易絕句集 艾德林譯。1946年出版。

白居易絕句集 艾德林譯。國家文學出版社，1949年出版。223頁。

白居易絕句集（補充版） 艾德林譯。國家文學出版社，1951

年出版。 240 頁。

白居易詩集　艾德林譯。國家文學出版社， 1958 年出版。 262
　　頁。

白居易抒情詩集　艾德林譯。文藝出版社，1965 年出版。 211
　　頁。

白居易詩集　艾德林譯。文藝出版社，1978 年出版。 303 頁。

蘇東坡詩詞集　戈魯別夫譯。文藝出版社，1975 年出版。303頁。

陸游詩集　戈魯別夫譯。國家文學出版社，1960 年出版。 199
　　頁。

李清照《漱玉詞》　巴斯馬諾夫譯。文藝出版社，1970 年出版。
　　79 頁。

李清照《漱玉詞》　巴斯馬諾夫譯。文藝出版社，1974 年出版。
　　101 頁。

辛棄疾詩詞集　巴斯馬諾夫譯。國家文學出版社，1959 年出版。

辛棄疾詩詞集　巴斯馬諾夫譯。國家文學出版社，1961年出版。
　　131 頁。

中國七至九世紀抒情詩歌集　舒茨基譯。莫斯科——彼得格勒，
　　國家出版社， 1923 ，1927 年出版。143 頁。

中國詩歌集（四卷本）　郭沫若、費德林主編。國家文學出版社，
　　1957 — 1958 年出版。 422 ＋ 375 ＋ 334 ＋ 333 頁。

中國古典詩歌集（唐代）　費德林主編。亞歷山德羅夫等人譯。
　　國家文學出版社， 1956 年出版。 430 頁。

宋代詩歌　國家文學出版社，1959 年出版。359 頁。

中國古典作家抒情詩集　吉托維奇譯。列寧格勒出版社， 1962

年出版。183 頁。

中國古典詩歌集 艾德林譯。文藝出版社，1975 年出版。352 頁。

梅花開（中國歷代詞選） 巴斯馬諾夫譯。文藝出版社 ，1979 年出版。425 頁。

中國八至十四世紀抒情詩歌集（王維、蘇軾、關漢卿、高啓） 斯米爾諾夫編。科學出版社，1979 年出版。286 頁。

中國三至十四世紀寫景詩歌集 莫斯科大學出版社， 1984 年出版。320 頁。

艾德林譯中國古典詩歌 文藝出版社，1984 年出版，373 頁。

中國古典詩歌（《世界文學大系》第16 分冊的一部分） 文藝出版社，1977 年出版。

陶淵明詩歌（艾德林著《陶淵明及其詩歌》的一部分） 科學出版社，1967 年出版。494 頁。

散　文

山海經 楊希娜譯注。科學出版社，1977 年出版。233 頁。

司馬遷《史記》 維亞特金、塔斯金合譯。科學出版社，第1卷，1972 年出版，439 頁；第 2 卷，1975 年出版，579 頁。

司馬遷文選 帕納秀克譯。國家文學出版社，1956 年出版。357 頁。

雜纂（九至十九世紀中國作家語錄） 齊別羅維奇譯。科學出版社，1969 年出版。136 頁。

雜纂（第2版）　齊別羅維奇譯。科學出版社，1975年出版。136頁。

韓愈柳宗元文選　索科洛娃譯。文藝出版社，1979年出版。230頁。

陸游《入蜀記》　謝列布里亞科夫譯。列寧格勒大學出版社，1968年出版。158頁。

中國古典散文　阿列克謝耶夫譯。科學院出版社，1958年出版。387頁。

中國古典散文（第2版）　阿列克謝耶夫譯。科學院出版社，1959年出版。387頁。

中國古代詩歌與散文（《世界文學大系》古代東方詩歌與散文分冊的一部分）　文藝出版社，1979年出版。735頁。包括: 詩經、楚詞、古詩十九首、漢樂府選譯，伶玄、司馬遷、賈誼、趙曄等人的作品。

遠東古典散文（譯文集）　文藝出版社，1975年出版。

小　說

古鏡（先唐傳奇集）　吉什科夫、帕納秀克譯。國家文學出版社，1963年出版。135頁。

白猿（唐代傳奇集）　吉什科夫譯。赤塔出版社，1955年出版。69頁。

異怪故事（先唐傳奇集）　吉什科夫譯。科學出版社，1977年出版。111頁。

紫玉（**中國一至六世紀小説集**） 李福清、李謝維奇等譯。文藝
出版社，1980 年出版。365 頁。

唐代傳奇集 費什曼譯。科學院出版社，1955 年出版。227 頁。

唐代傳奇集 費什曼、吉什科夫譯。國家文學出版社，1960 年
出版。247 頁。

浪子與術士（又名**枕中記**）（**唐代傳奇集**） 索科洛娃、費什曼
譯。文藝出版社，1970 年出版。383 頁。

碾玉觀音（**宋代傳奇與話本集**） 羅加喬夫譯。文藝出版社，1972
年出版。255 頁。

十五貫（**中國中世紀短篇小説集**） 左格拉夫譯。東方文獻出版
社，1962 年出版。152 頁。

死去兩次的女子（又名**鬧樊樓多情周勝仙**）（**中國古代話本集**）
沃斯克列辛斯基（ 華克生 ）譯。文藝出版社，1978 年出版。
406 頁。

神祇的揭露（又名**勘皮靴單證二郎神**）（**中國中世紀話本集**）
維爾古斯、齊別羅維奇譯。科學出版社，1977 年出版。519
頁。

賣油郎與花魁（**話本集**） 吉什科夫譯。國家文學出版社，1958
年出版。62 頁。

懶龍的把戲（又名**俠盜慣行三昧戲**）（**中國十七世紀話本十六篇**）
沃斯克列辛斯基（ 華克生 ）譯注。文藝出版社，1966 年出
版。461 頁。

歸還的財寶（又名**鄭舍人陰功叻世爵**）（**中國十七世紀話本集**）
沃斯克列辛斯基（ 華克生 ）譯注。科學出版社， 1982 年出

版。332頁。

道士的咒語（又名**牧童兒夜夜尊榮**）（**中國十七世紀話本集**）

　　沃斯克列辛斯基（華克生）譯。科學出版社，1982年出版。
　　332頁。

《**今古奇觀**》**選譯**　齊別羅維奇譯。科學院出版社，1954年出
　　版。315頁。

今古奇觀（**兩卷本**）　維爾古斯、齊別羅維奇譯。東方文獻出版
　　社，1962年出版。455＋455頁。

新編五代史平話　巴甫洛夫斯卡婭譯。科學出版社，1984年出
　　版。447頁。

羅貫中《**三國演義**》（**兩卷本**）　帕納秀克譯。國家文學出版社，
　　1954年出版。785＋790頁。

羅貫中《**三國演義**》（**縮寫本**）　帕納秀克譯。文藝出版社，1984
　　年出版。

羅貫中、馮夢龍《**平妖傳**》　帕納秀克譯。文藝出版社，1983
　　年出版。439頁。

金瓶梅（**兩卷本**）　馬努辛譯。文藝出版社，1977年出版。438
　　＋502頁。

施耐庵《**水滸傳**》（**兩卷本**）　羅加喬夫譯。國家文學出版社，
　　1955年出版。498＋622頁。

施耐庵《**水滸傳**》（**兩卷本**）　第2版。羅加喬夫譯。國家文學
　　出版社，1959年出版。502＋630頁。

水滸傳（**為兒童讀者縮改本**）　李西查、謝列布里亞科夫譯。列
　　寧格勒，兒童文學出版社，1968年出版。317頁。

吳承恩《西遊記》（四卷本）　羅加喬夫、科洛科洛夫譯。國家
　　文學出版社，1959 年出版。 456＋447＋487＋533 頁。

猴王孫悟空（《西遊記》節略本）　羅加喬夫譯。沃斯克列辛斯
　　基（華克生）節略。文藝出版社，1982 年出版。 750 頁。

李汝珍《鏡花緣》　費什曼、蒙澤列爾、齊別羅維奇譯。科學院
　　出版社，1959 年出版。 786 頁。

吳敬梓《儒林外史》　沃斯克列辛斯基（華克生）譯注。國家文
　　學出版社，1959 年出版。 631 頁。

俠義風月傳（好逑傳）　列文轉譯自法文。列寧格勒，思想出版
　　社，1927 年出版。 227 頁。

李漁《十二樓》　沃斯克列辛斯基（華克生）譯注。文藝出版社，
　　1985 年出版。

狐媚（蒲松齡《聊齋誌異》選譯）　阿列克謝耶夫譯。彼得格勒，
　　國家出版社，1922 年出版。 158 頁。

狐媚（蒲松齡《聊齋誌異》選譯）　阿列克謝耶夫譯。國家文學
　　出版社，1955 年出版。 292 頁。

狐媚（蒲松齡《聊齋誌異》選譯）　阿列克謝耶夫譯。文藝出版
　　社，1970 年出版。 384 頁。

僧術（蒲松齡《聊齋誌異》選譯）　阿列克謝耶夫譯。莫斯科——
　　彼得格勒，國家出版社，1923 年出版。 270 頁。

僧術（蒲松齡《聊齋誌異》選譯）　阿列克謝耶夫譯。國家文學出
　　版社，1957 年出版。 562 頁。

異怪故事（蒲松齡《聊齋誌異》選譯）　阿列克謝耶夫譯。科學
　　院出版社，1937 年出版。 494 頁。

異人故事（蒲松齡《聊齋誌異》選譯）　阿列克謝耶夫譯。國家
　　文學出版社，1954 年出版。282 頁。

蒲松齡《聊齋誌異》　阿列克謝耶夫譯。文藝出版社，1973 年
　　出版。574 頁。

蒲松齡《聊齋誌異》　阿列克謝耶夫譯。文藝出版社，1983 年
　　出版。429 頁。

蒲松齡小說集　烏斯金、范加爾譯。國家文學出版社，1961 年
　　出版。383 頁。

袁枚《新齊諧（子不語）》　費什曼譯。科學出版社，1977 年
　　出版。504 頁。

紀昀《閱微草堂筆記》　費什曼譯。科學出版社，1974 年出版。
　　588 頁。

曹雪芹《紅樓夢》（兩卷本）　帕納秀克譯。國家文學出版社，
　　1958 年出版。878 ＋ 862 頁。

錢彩《說岳全傳》（兩卷本）　帕納秀克譯。國家文學出版社，
　　1963 年出版。479 ＋ 495 頁。

石玉昆《三俠五義》　帕納秀克譯。文藝出版社，1974 年出版。
　　348 頁。

沈復《浮生六記》　戈雷金娜譯。科學出版社，1979 年出版。
　　152 頁。

劉鶚《老殘遊記》　謝馬諾夫譯。國家文學出版社，1958 年出
　　版。264 頁。

曾樸《孽海花》　謝馬諾夫譯。國家文學出版社，1960 年出版。
　　478 頁。

惜陰堂主人《二度梅》 澤德巴姆轉譯自德文。莫斯科，聯邦出
　　版社，1929 年出版。291 頁。

戲　　曲

王實甫《西廂記》 緬希科夫譯。國家文學出版社， 1960 年出
　　版。283 頁。

元曲　彼得羅夫編輯，緬希科夫校注。藝術出版社， 1966 年出
　　版。511 頁。包括：《牆頭馬上》、《梧桐雨》、《竇娥冤》、
　　《望江亭》、《單刀會》、《李逵負荆》、《漢宮秋》、《張
　　生煮海》、《秋胡戲妻》、《合汗衫》、《倩女離魂》等。

東方古典戲劇：印度·中國·日本（《世界文學大系》分冊）
　　文藝出版社， 1976 年出版。中國部分包括：《竇娥冤》、
　　《忍字記》、《殺狗勸夫》、《長生殿》（片段）、《桃花
　　扇》（片段）、《牡丹亭》（片段）。

朱㢖《十五貫》 吉什科夫譯。藝術出版社，1957 年出版。 72
　　頁。

梁山伯與祝英台（十三場戲曲劇本） 藝術出版社， 1958 年出
　　版。94 頁。

空城記　瓦西里耶夫譯。載於《東方戲劇集》。列寧格勒，1929
　　年出版。

關漢卿《竇娥冤》（節譯） 索羅金譯。載於《外國文學》雜誌，
　　1958 年第 2 期。

關漢卿《救風塵》 謝馬諾夫、亞羅斯拉夫采夫譯。載於《東方

文集》，1958 年第 2 集。

民間文學

袁珂《中國古代神話》 魯波一列斯尼琴柯、普濟斯基譯。科學
出版社，1965 年出版。 496 頁。

中國民間故事 兒童出版社， 1952 年出版。 62 頁。

中國民間故事 李福清譯。國家文學出版社，1957 年出版。 189
頁。

中國民間故事（第 2 版） 李福清譯。國家文學出版社， 1959
年出版。 230 頁。

中國民間故事 李福清譯。文藝出版社，1972 年出版，334 頁。

老苟故事集 李福清輯，吉特爾遜等譯。兒童文學出版社，1957
年出版。 198 頁。

龍眼（中國各族民間傳說與故事） 林林、烏斯金譯。外國文獻
出版社，1959 年出版。 428 頁。

中國南方各族史詩傳說集 科洛科洛夫輯選。科學院出版社，1955
年出版。 202 頁。

東幹族民間故事與傳說 李福清、哈桑諾夫、尤素波夫譯。科學
出版社，1977 年出版。 573 頁。

變文、寶卷

維摩詰經變文·十吉祥變文（敦煌寫本） 緬希科夫譯注。東方

文獻出版社，1963 年出版。195 頁。

雙恩記變文（敦煌寫本） 緬希科夫譯注。科學出版社，1972
年出版。419 頁。

妙法蓮華經變文 緬希科夫譯注。科學出版社，1984 年出版。
622 頁。

影印敦煌贊文附宣講 緬希科夫整理、作序。東方文獻出版社，
1963 年出版，73 頁。

普明寶卷（兩卷本） 斯圖洛娃譯。科學出版社，1979 年出版。
368 ＋ 393 頁。

百喻經 古列維奇譯。科學出版社，1985 年出版。

十月革命前的譯文

好逑傳（1－4卷） 由法文轉譯。莫斯科，拉扎列夫印刷所，
1832 － 1833 年出版。

鄭德輝《㑳梅香》 巴依巴科夫譯。載於彼得堡《讀書叢刊》第
35 卷，1839 年出版。

曹雪芹《紅樓夢》第一回 科萬柯譯。載於彼得堡《祖國記事》
雜誌第 26 期，1843 年出版。

高則城《琵琶記》 由法文轉譯。彼得堡，1847 年出版。

王勃《滕王閣序》 о.и.п. 譯。彼得堡，交通部印刷廠，1874
年出版。10 頁。

白行簡《李娃傳》 載於《外國文學通報》第 11 期，1894 年。

施公案——中國福爾摩斯 阿發納西耶夫節譯。符拉迪沃斯托克

（海參崴），1910 年出版。原載 1909 — 1910年《邊陲報》。

白蛇傳（中國民間傳說）　什庫爾金譯。哈巴羅夫斯克（伯力），
　　1910 年出版。

中國之笛（中國古典詩集）　葉戈里耶夫、馬爾科夫編。青年聯
　　盟社，1911 年出版。116 頁。

張匀《玉嬌梨》（片段）　由法文轉譯。載於《雅典娜神廟》雜
　　誌1828，No 20。

司空圖《詩品》　阿列克謝耶夫譯。載於專著《關於詩人的長詩》。
　　彼得堡科學院，1916 年出版。484 ＋ 115 頁。

俄譯文目錄

中國文藝作品俄譯文及俄文評論著作目錄　斯卡奇科夫、格拉果
　　列娃合編。莫斯科，全蘇中央書庫，1957 年出版。164 頁。

中國文學研究著作及譯文目錄（ 1970 — 1980 ）　費德林《中國
　　文學遺產與現時代》一書附錄（ 340 — 385 頁）。文藝出版
　　社，1981 年出版。

附錄二

蘇聯部分漢學家簡介

（只限於本書提到的人名，以俄文字母表為序）

阿列克謝耶夫　Алексеев　В.М.

1881 年生於彼得堡。 1902 年畢業於彼得堡大學東方語言系。留校從事教學。 1916 年以研究司空圖《詩品》的論著獲碩士學位。 1923 年任蘇聯科學院通訊院士， 1929 年任院士。 1929 年獲博士學位。曾任教於列寧格勒大學、列寧格勒東方學院、列寧格勒文史哲學院、莫斯科東方學學院。蘇聯科學院東方學研究所中國研究室主任（ 1933 — 1951 ）。 1904 — 1905、1910、1926 年在中國進修、講學。 1951 年去世。發表著作約 260 種。多年致力於研究和翻譯蒲松齡作品。他關於中國古典文學研究的主要著作輯入 1978 年蘇聯科學出版社出版的阿列克謝耶夫著作選集《中國文學》一書。專著尚有《東方學》等。他翻譯的《聊齋誌異》曾多次再版。

巴斯馬諾夫　Басманов　М.И.

1918 年生於阿爾泰邊疆區。文學翻譯家，蘇聯作家協會會員。多年從事中國宋詞研究，譯作有李清照和辛棄疾《詞集》、

《中國歷代詞選》。

包列夫斯卡婭　Боревская　Н.Е.

1940 年生於莫斯科。 1965 年畢業於莫斯科大學附屬東方語學院（亞非學院）。 1970 年以研究羅懋登《西洋記》的論文獲語文學副博士學位。 1967 年起爲蘇聯科學院遠東研究所研究員。發表有關鄭和下西洋小說的論文多篇。

瓦西里耶夫（王希禮）　Васильев　Б.А.

1899 年生於彼得堡。1922 年畢業於彼得格勒大學社會科學系中國班。1935 年獲文學理論副博士銜，同年升任教授。 1921 至 1937 年先後在佛教文化研究所、亞洲博物館（後爲蘇聯科學院東方學研究所）從事學術研究工作。曾在列寧格勒東方學院、列寧格勒歷史語言學學院任講師。 1921—1925 年 ， 1927—1930 年兩次在中國進修。著作有《中國戲劇》（ 1929 ）、《聊齋的古代淵源》（ 1931 ）等；譯作有《明代話本》（ 1924 ），《聊齋故事》（ 1931 ），《李娃傳》（ 1935 ）等。1946 年去世。

瓦赫金　Вахтин　Б.Б.

1930 年生於頓河羅斯托夫。列寧格勒大學東方系 1954 年畢業。 1959 年以研究漢魏南北朝樂府的論文獲語文學副博士學位。 1957 年起爲蘇聯科學院東方學研究所研究員， 1966 年升爲高級研究員。研究中國古代詩歌。翻譯《中國古代樂府選集》兩種，分別於 1959 和 1969 年出版。

維爾古斯　Вельгус　В.А.

1922 年生於莫斯科。 1962 年畢業於列寧格勒大學東方系。 1966 年以研究中國古籍中有關非洲及印度洋區域的史料的論文獲歷史學副博士學位。 1960 年起爲科學院民族研究所列寧格勒分所研究員。參與過翻譯《今古奇觀》。專著有《十一世紀前中國史料中有關非洲國家與民族的信息以及太平洋、印度洋區域的海上聯繫》一書（ 1978 ）。

沃斯克列辛斯基（華克生）Воскресенский　Д.Н.

1926 年生於莫斯科省諾金斯克市。 1950 年軍事外語學院畢業。 1953 — 57 年在高等外交學院任教。 1957 — 59 年在北京大學進修。 1963 年以研究吳敬梓《儒林外史》的論文獲語文學副博士學位。 1959 年爲蘇聯科學院中國研究所研究員。自 1960 年起任教於莫斯科大學附屬東方語學院（ 亞非學院 ） 副 教 授。兼任科學院遠東研究所高級研究員（ 1967 — 71 ）、高等外交學院副教授（ 1985 ）。 1971 — 72 年在新加坡、 1979 — 80 年 在日本進修， 1985 年再次來華進修。研究中國明清及現代文學和

文化、東南亞華人文學等問題。發表過有關中國古典和現代文學
的論文一百多篇，翻譯出版《儒林外史》（ 1959 ）、選自＂三
言＂、＂二拍＂的話本集數種（ 1965 、 1981 ， 1985 ）、李漁
《十二樓》（ 1985 ）、老舍《正紅旗下》（ 1980 ）等文學作品。
蘇聯作協會員，蘇聯漢學家協會理事。

吉托維奇　Гитович

1909 年生於斯摩棱斯克。詩人。多年與翻譯者合作，對中
國古典詩歌的俄譯文進行詩歌加工。 出版的中國古典詩集有：
《李白詩選》、《 杜甫詩選 》、《 中國古典抒情詩 》等。已去世。

戈雷金娜　Голыгина К.И.

1935 年生於莫斯科。 1959 年畢業於莫斯科國際關係學院。
1966 年以研究中國近代文學理論的論文獲語文學副博士學位。
1966 年起爲科學院東方研究所研究員。七十年代起致力於研究
中國古代傳奇與筆記小說。專著有：《 十九──二十世紀初的中
國文學理論》（ 1971 ），《 中世紀中國的短篇小說：題材淵源
及其演化》（ 1980 ），《 中世紀前的中國散文 》（ 1983 ）。譯
作有《 剪燈新話 》（選輯）、《 浮生六記 》（ 1979 ）等。

古列維奇　Гуревич И.С.

1932 年生於克列明楚克。 1956 年列寧格勒大學東方系畢業。 1964 年以題爲 " 公元三——五世紀漢語文法特點 " 的論文獲語文學副博士學位。 1957 年起爲科學院東方學研究所列寧格勒分所研究員。參與編纂《亞洲民族研究所所藏中國敦煌寫本綜錄》(1963)以及《蘇聯科學院東方學研究所所藏木版書目錄》(1973)。1974 年出版《三——五世紀漢語文法概論》。所譯《百喻經》於 1985 年出版。

熱洛霍夫采夫　Желоховцев А.Н.

1933 年生於莫斯科。1958 年莫斯科國際關係學院畢業。 1965 年獲語文學副博士學位，論文題目是 " 作爲文學體裁的話本小說 "。 1958 至 1969 年在科學院東方學研究所工作， 1969 年轉入遠東研究所工作。專著有:《話本——中世紀中國的市民小說》(1969)。 翻譯了鄧拓《燕山夜話》等文學作品。

左格拉夫　Зограф (Бабиева)　И.Т.

1931 年生於奧塞梯自治共和國莫茲多克市。 1954 年畢業於列寧格勒大學東方系。語文學副博士論文題爲 " 十二——十四世紀漢語文法的特點(以《京本通俗小說》爲依據) "， 1962 年答辯通過。 1954 年後在科學院東方學研究所列寧格勒分所從事研究工作。專著有《中原漢語語法概論》(中國元明白話文語法)(1962)，《中原漢語》(1979)，《蒙漢語言的互相影響》

（1984）。參與編纂《亞洲民族研究所所藏中國敦煌寫本綜錄》
第2卷(1967)。翻譯出版中國短篇話本集《十五貫》（1962 ）。

凱 平 Кепинг К.Б.

1937 年生於天津。 1959 年畢業於列寧格勒大學東方系中文
專業。 1970 年獲副博士學位，論文題爲 “ 西夏文《孫子》詞彙
與語法研究 ”。 整理出版西夏文孤本書《孫子》、《類林》。最
近出版專著《西夏文語法》。 1959 年起爲東方學研究所列寧格
勒分所研究員。

科洛科洛夫 Колоколов В.С.

1896 年生於中國新疆喀什。 1920 — 22 年在蘇聯工農紅軍
軍事科學院東方分部（ 莫斯科 ）學習。 1935 年獲語文 學副博士
及教授銜。曾在軍事科學院及莫斯科東方學學院（ 1922 — 37 ）、
紅色教授學院（ 1937 — 39 ）、蘇聯軍事科學院（ 1947 — 57 ）、
莫斯科大學（ 1951 — 54 ）等院校任教。 1923 — 27 年曾在中國
勞動者共產主義大學（ 中山大學 ）從事研究工作， 1949 年後任
科學院東方學研究所研究員。與羅加喬夫合譯了《西遊記》。編
輯《中國南方各族史詩傳說集》（1955）。專著有：《中國：國
家、人民和歷史》（1924）以及《漢俄軍事術語詞典》等。1979
年去世。

康拉德　Конрад　Н.И.

1891 年生於里加。1912 年畢業於彼得堡大學東方系及實用東方學院日本部。1914 — 17 年在日本進修。1934 年獲語文學博士學位，1958 年成爲蘇聯科學院院士。曾在列寧格勒大學、莫斯科東方學學院等院校任教。從 1931 年起爲蘇聯科學院東方學研究所研究員。曾從事東西方文化比較研究。著有論文集《西方與東方》（1966），1970 年去世。

林　林　Лин–Лин

1924 年生於上海，林伯渠同志之女。1959 年畢業於蘇聯作協辦的高爾基文學院，1972 年以"《紅樓夢》中的新人研究"論文獲副博士學位。現爲莫斯科大學亞非學院副教授，發表過研究《紅樓夢》的論文多篇。

李謝維奇　Лисевич，И.С.

1932 年生於莫斯科。1955 年畢業於莫斯科國際關係學院。以研究中國古代詩歌與民歌聯繫的論文於 1965 年獲語文學副博士銜。1956 — 1959 年在莫斯科大學附屬東方語學院任教師。1963 年起爲科學院東方學研究所研究員。專著有《中國古代詩歌與民歌（公元前三世紀至公元三世紀初的樂府）》（1969），

《古代與中古之交的中國文學思想》（ 1979 ）等。

魯波—列斯尼琴柯　Лубо-Лесниченко Е.И.

1929 年生於里夫內市。 1953 年畢業於列寧格勒大學東方系。以研究中國漢代絲織品的論文於 1959 年獲歷史學副博士學位。 1965 年起爲蘇聯國立艾爾米塔什博物館遠東部主任。與普濟斯基合譯了袁珂《中國古代神話》（ 1965 ）。

馬里諾夫斯卡婭　Малиновская Т.А.

1950 年畢業於列寧格勒大學東方系中文專業，留校任教。 1970 年獲副博士學位，論文題目爲 “中國戲曲家洪昇及其《長生殿》” 。自 1960 年起專門研究中國明代及清初戲曲作品，發表大量有關明代戲曲的研究論文。

馬努辛　Манухин В.С.

1926 年生於莫斯科省巴甫洛夫鎮。莫斯科東方學學院 1951 年畢業。 1949 — 51 年曾在中國擔任翻譯工作。 1953 — 57 年爲莫斯科大學語文系研究生，後在該校亞非學院任教。 1964 年以論文 “由傳統到創新的社會揭露小說——《金瓶梅》” 獲語文學副博士學位。 1956 年起在莫斯科大學附屬東方語學院任教。 1969 年升爲副教授。發表過研究《金瓶梅》及湯顯祖戲曲的論文多篇。 1974 年去世。他完成的《金瓶梅》俄譯本（節本）於 1977 年出版。

緬希科夫（孟列夫） Меньшиков Л.Н.

1926 年生於列寧格勒。 1952 年畢業於列寧格勒大學東方系。 1955 年以題爲"中國古典戲曲的現代改革"的論文獲語文學副博士學位。 1960 年翻譯出版王實甫《西廂記》，以後主要從事蘇聯所藏中國敦煌寫本的整理、翻譯、注釋工作。出版《維摩詰經變文》、《雙恩記變文》、《法華經變文》等俄譯本。專著有《中國古典戲曲的改革》（1959），發表有關敦煌變文的論文多篇。

巴甫洛夫斯卡婭 Павловская Л.К.

1929 年生於列寧格勒。 1953 年畢業於列寧格勒大學東方系中文專業。多年從事宋元平話研究， 1975 年獲副博士學位，論文題爲"《新編五代史平話》研究"。自 1959 年起爲東方學研究所列寧格勒分所研究員。

龐 英 Пан Ин

中國籍，多年在蘇聯工作，現爲列寧格勒大學東方系中文專業講師。以研究《水滸傳》的論文獲副博士學位。自六十年代起致力於對列寧格勒收藏的《石頭記》抄本的研究。

帕納秀克　Панасюк　В.А.

　　1924 年生於白俄羅斯普羅茨克。 1951 年畢業於軍事外語學院。 1954 年以研究現代漢語表態詞的論文獲語文學副博士學位。蘇聯作家協會會員（1955）。自1954年起在軍事外語學院任教。文學翻譯家。《三國演義》、《紅樓夢》、《說岳全傳》、《平妖傳》、《三俠五義》、《司馬遷文選》等書的俄譯者。

波得羅夫　Петров　В.В.

　　1929 年生於列寧格勒。 1951 年畢業於列寧格勒大學東方系，留校任教。蘇聯作家協會會員（1957）。出版專著有《艾青評傳》（1954），《魯迅生平與創作概述》（1960）；發表研究老舍、巴金、郁達夫創作的論文多篇。編選《元曲》俄譯本（1966）並作序。編選兩卷本《中國短篇小說選》（1959）。

波茲涅耶娃　Позднеева　Л.Д.

　　1908 年生於彼得堡。 1932 年畢業於列寧格勒大學。 1946 年以論文 "元稹的《鶯鶯傳》" 獲語文學副博士銜。高級研究員（1957）、教授（1958）。 1932 — 39 年在中國列寧學校及國立遠東大學任教。 1944 年以後在莫斯科大學歷史系任教，爲該校附屬東方語學院語文學系漢語文學教研室主任(1949 — 1959)。
發表過有關中國古代文學和哲學的論文多篇。 專著有《魯迅》
(1957),《魯迅的生平與創作》(1959)。編譯了《古代中國
的無神論者、 唯物論者、辯證法家（列子、楊朱、莊子）》
(1967)。翻譯了《太陽照在桑乾河上》(1949),《魯迅諷刺
小說集》(1964)。 1974 年去世。

李福清　Рифтин　Б.Л.

1932 年生於列寧格勒。 1955 年畢業於列寧格勒大學東方系。
1965 — 66 年在中國北京大學進修。 1961 年以" 萬里長城傳說
與中國民間文學的體裁問題" 論文獲語文學副博士學位； 1970
年以著作《中國的歷史長篇小說與民間文學傳統（三國故事的各
種口頭與書面材料）》獲博士學位。高級研究員(1972年)。
自 1956 年起在科學院高爾基世界文學研究所從事研究工作。出
版專著除上述兩部外尚有《從神話到長篇小說》(1979)。 發
表有關中國古代神話、俗文學的論文多篇。輯選和翻譯中國民間
故事集數種。翻譯了中國先唐小說集《紫玉》(1980)。

羅加喬夫　Рогачев　А.П.

1900 年生於東哈薩克斯坦烏斯特卡明諾戈爾斯克。 1928 年
畢業於莫斯科東方學院。 1924 — 28 年在中國進修。 1951 年以
有關漢語成語的論文獲語文學副博士學位。教授(1962 年)。

1928 — 34 年在蘇聯駐華使館工作；1934 — 36 年在蘇聯外交人民委員部工作。 1939 年後在莫斯科東方學學院、高等外交學院、莫斯科大學歷史系、東方語學院任教。 1956 年起爲莫斯科大學東方語教研室主任。著文研究介紹吳承恩作品。翻譯了《水滸傳》（1955 ）、《西遊記》（1959 ）、話本集《碾玉觀音》（1972 ）。1951 年出版他與斯佩蘭斯基合譯的《呂梁英雄傳》。 1981 年去世。

謝馬諾夫　Семанов В.И.

1933 年生於列寧格勒。1955 年列寧格勒大學東方系畢業，1958 年在中國進修。 1967 年以研究魯迅文學思想淵源的論文獲語文學副博士學位。 1958 年起爲科學院高爾基世界文學研究所研究員，亞非文學部主任。自 1978 年起在莫斯科大學亞非學院任教。出版專著：《魯迅及其前輩作家》（1967 ），《中國長篇小說的演化·十八世紀末至二十世紀初》（1970 ）。 1976 年出版《慈禧太后生平事略· 1835 — 1908 》。發表過研究中國古代和現代小說的論文。翻譯了《老殘遊記》（1958 ）、《孽海花》（1960 ）。

謝列布里亞科夫　Серебряков Е.А.

1928 年生於列寧格勒。 1950 年列寧格勒大學東方系畢業。1954 年獲語文學副博士學位，論文題目爲 " 中國偉大詩人杜甫

的愛國主義與人民性 ”。 1973 年以 “ 陸游生平與創作 ” 論文獲
博士學位。 1950 年後在列寧格勒大學東方系任教，中國語文教
研室主任。專著有《杜甫評傳》（1958 ），《陸游生平與創作》
（ 1973 ），《中國十——十一世紀的詩詞》（ 1979 ）。翻譯了
陸游《入蜀記》並作注（1968 ）， 翻譯了茅盾《動搖》（1956 ）。

索羅金　Сорокин В. Ф.

1927 年生於薩馬爾（ 古比雪夫 ）市。 1950 年莫斯科東方
學學院畢業。 1958 年以研究魯迅早期創作的論文獲語文學副博
士學位。 1950 — 57 年任教於莫斯科東方學學院、莫斯科大學歷
史系、莫斯科國際關係學院。 1957 — 67 年在科學院東方學研究
所、 1967 年後在科學院遠東研究所中國文化組從事研究工作。
1962 年升爲高級研究員。除研究魯迅、茅盾以及中國現代文學、
戲劇諸問題外，還對中國古典戲曲做過深入研究。專著有《魯迅
的世界觀的形成·早期政論與＜吶喊＞》（ 1958 ），《 茅盾的
創作道路》（ 1962 ），《十三——十四世紀的中國古典戲曲 》
（ 1979 ）。與艾德林合著《 中國文學》（ 1962 ）。歐洲漢學家協
會副主席，蘇聯漢學家協會理事。

斯別施涅夫（ 司格林 ）　Спешнев Н. А.

1931 年生於北京。 1957 年畢業於列寧格勒大學東方系中
文專業，留校任教， 1974 年升任講師，現爲副教授。最初研究

中國語言發聲學問題，1968 年以題爲 " 中文元音的聲學特徵 " 的論文獲副博士學位。七十年代開始研究中國曲藝。專著有《中國俗文學（講唱體裁）》，即將問世。

斯圖洛娃　Стулова　З.С.

1934 年出生。1960 年畢業於北京大學中文系，1961 年畢業於列寧格勒大學東方系中文專業。從 1960 年起專門從事 " 寶卷 " 的研究，以 "《普明寶卷》研究 " 一文獲副博士學位。1961 年起爲東方學研究所列寧格勒分所研究員。所譯《普明寶卷》於 1979 年出版。

蘇霍魯科夫　Сухоруков　В.Т.

1929 年生於伊爾庫茨克。1955 年畢業於列寧格勒大學東方系。1968 年以研究聞一多生平與創作的論文獲語文學副博士學位。1964 年在中國北京大學進修。自 1961 年起任科學院東方學研究所研究員。專著有《聞一多生平與創作》（1968）。翻譯聞一多詩集《憶菊》，於 1974 年出版。1979 年出版譯作《王維詩集》。

思切夫　Сычев　Л.П.

1911 年生於彼得堡。畫家，研究家。畢生致力於中國服飾史的研究。與其子 B．Л．思切夫（漢學家，研究中國服裝及中國現代藝術）合著《中國服裝》一書。目前正從事《中國明代服飾》及《中國服飾詞典》兩部著作的編寫工作。發表過有關《紅樓夢》的服裝描寫的論文。

烏斯金　Устин　П.М.

1925 年生於薩馬爾省尼古拉耶夫縣（今古比雪夫省紅軍區）。畢業於莫斯科東方學學院。 1966 年以題為"蒲松齡的短篇小說"的論文獲語文學副博士學位。專著有《蒲松齡及其小說》（ 1981 ）。與范加爾合譯《蒲松齡小說集》（ 1961 ）；與林林合譯中國民間傳說與故事集《龍眼》（ 1959 ）； 1983 — 84 年翻譯了若干中國當代文學作品。

費德林　Федоренко　Н.Т.

1912 年生於皮亞蒂戈爾斯克。 1937 年畢業於莫斯科東方學學院。語文學博士（ 1943 ）。高級研究員（ 1958 ）。蘇聯科學院通訊院士（ 1958 ）。 1939 — 68 年在蘇聯外交界工作。曾任蘇聯駐華使館參贊（ 1950 — 52 ），駐日本大使（ 1958 — 62 ），常駐聯合國及安理會代表（ 1963 — 68 ）。自 1957 年起兼任科學院東方學研究所研究員。 1970 年起任《外國文學》雜誌主編。 著有：《當代中國文學概論》（ 1953 ），《中國見聞錄》（ 1955 ），《中國文學史綱要》（ 1956 ），《詩經及其在中國文

學史上的地位》（ 1958 ），《中國文學研究問題》（ 1974 ），
《中國古代文學作品》（ 1978 ），《中國文學遺產與現時代》
（ 1981 ）。編選《中國古典詩歌集（ 唐代 ）》（ 1956 ）。爲四
卷本《中國詩選》（ 1957 ）、《詩經》（ 1957 ）、《紅樓夢》
（ 1958 ）以及魯迅、茅盾、老舍文集的俄譯本作序。

費什曼　Фишман　О.Л.

1919 年生於敖德薩。 1941 年畢業於列寧格勒大學語文學系。
1946 年以論文“ 歐洲對李白的學術研究 ”獲語文學副博士學位。
1965 年以論文“ 啓蒙時期的中國長篇諷刺小說 ”獲博士學位。
1946 — 49 年在列寧格勒大學任教。 1958 年起爲科學院東方學
研究所列寧格勒分所研究員。 1962 年升爲高級研究員。出版專
著有：《李白生平與創作》（ 1958 ），《中國的長篇諷刺小說
（ 啓蒙時期 ）》（ 1966 ），《十七——十八世紀三位中國短
篇小說家：蒲松齡、紀昀、袁枚》（ 1980 ）。 翻譯了唐代傳奇
及《閱微草堂筆記》（ 1974 ）、《新齊諧（ 子不語 ）》(1977)，
作序並注釋。與別人合譯了《鏡花緣》（ 1959 ）。 1986 年 1 月
去世。

齊別羅維奇　Циперович　И.Э.

1918 年生於彼得格勒。 1941 年畢業於列寧格勒大學東方系。
1969 年以研究“ 雜纂 ”的論文獲語文學副博士學位。1948 — 67

年在列寧格勒大學東方系任教。 1967 年以後任科學院東方學研
究所列寧格勒分所圖書館員。翻譯中國話本， 1954 年出版《今
古奇觀》選譯本， 1962 年與維爾古斯合作出版全譯本。輯選並
翻譯《雜纂（九～十九世紀中國作家語錄）》， 1969 年出版。

切爾卡斯基　Черкасский　Л.Е.

1925 年生於基輔省契爾卡斯市。 1961 年畢業於軍事外語學
院。 1965 — 66 年在中國進修。 1962 年以論文“曹植的詩”獲
語文學副博士學位。 1971 年以論文“中國的新詩（二十年代）”
獲博士學位。 1960 年起任科學院東方學研究所研究員。 1973
年升爲高級研究員。專著有：《曹植的詩》（ 1963 ）、《中國
的新詩（二十——三十年代）》（ 1972)、《馬雅可夫斯基在中
國》（ 1976 ）。翻譯曹植詩集《七哀》（ 1962 ），翻譯《中國
之聲（詩集）》（ 1954)、《多雨的林蔭路（二十——三十年代
中國抒情詩）》（ 1969 ）、《 五更天（三十——四十年代中國
抒情詩）》（ 1975 ）、《戰爭年代中國詩歌（ 1937 — 1949）》
（ 1980 ）。蘇聯作協會員。

什圖金　Штукин　А.А.

1904 年生於彼得堡。 1925 年畢業於列寧格勒大學東方系。
1926 — 28 年在中國勞動者共產主義大學（中山大學）從事研究
工作。 1935 年起爲科學院東方學研究所中國研究室研究員。

1928 年後曾在列寧格勒東方學院任教。翻譯了魯迅《阿 Q 正傳》
（1929）。完成《詩經》全譯本的翻譯和注釋工作，1957 年
出版。1964 年去世。

艾德林　Эйдлин　Л.З.

1909 年 12 月 23 日（新曆 1910 年 1 月 5 日）生於契爾尼戈
夫市。1937 年畢業於莫斯科東方學學院。1942 年以" 白居易的
四行詩 "論文獲語文學副博士學位。1969 年獲博士學位。副教
授（1942）。教授（1969）。高級研究員（1951）。蘇聯作
家協會會員（1950）。1937—52 年先後在莫斯科東方學學院、
軍事外語學院任教、漢語教研室任主任。1944 年起爲科學院東
方學研究所研究員。專著有：《論今日中國文學》（1955），
《中國文學》（1962 年與索羅金合著），《陶淵明及其詩歌》
（1967）等。發表研究魯迅及中國文學史問題論文多篇。翻譯的
白居易、陶淵明詩作，多次再版。1984 年出版《艾德林譯中國
古典詩歌》專集。1985 年去世。

楊希娜　Яншина　Э.М.

1924 年生於薩拉托夫。1947 年畢業於莫斯科東方學學院。
1965 年以題爲" 古代中國的神話 "的論文獲語文學副博士學位。
1952—60 年在莫斯科大學附屬東方語學院歷史系任教。1962
年起任科學院東方學研究所研究員。發表研究中國古代神話論文

多篇。完成《山海經》俄譯本的翻譯和注釋工作，1977 年出版。

亞羅斯拉夫采夫　Ярославцев　Г.Б.

1932 年生於莫斯科。漢學家，詩人。翻譯中國詩歌多首。1958 年與謝馬諾夫合譯了關漢卿《救風塵》。蘇聯作協會員。

　　　　　　　※　　　　※　　　　※

瓦西里耶夫　Васильев　В.П.

1818 年生於諾夫戈羅德。 1837 年畢業於喀山大學歷史語文學系東方語言部。 1840 年被派遣至北京俄國傳教會。學梵、漢、蒙、藏、滿文。1851 年任喀山大學教授； 1855 年任彼得堡大學教授。 1866 年爲彼得堡科學院通訊院士，1886 年升爲院士。研究涉及歷史、宗教、地理、文學。主要著作有：《佛教教義、歷史、文獻》（ 1857 — 69 ），《十至十三世紀中亞東部的歷史與古跡》（ 1857 ），《東方宗教：儒、釋、道》（ 1873 ），《中國文學史綱要》（ 1880 ）。 1900 年去世。

格奧爾吉耶夫斯基　Георгиевский　С.М.

1851 年生於科斯特羅瑪市。莫斯科大學歷史語文學系畢業（ 1873 ），彼得堡大學東方系畢業（ 1880 ）。 1889 年以論文

“作爲古代中國人民生活反映的漢字字形分析”獲博士學位。
1890 年任彼得堡大學教授 。 著作有：《中國的生活原則》
（ 1888 ），《研究中國之重要性》（ 1890 ），《中國人的神話
觀和神話故事》（ 1892 ）。

國立中央圖書館出版品預行編目資料

中國古典文學研究在蘇聯：小說·歷史／李福清著；
田大畏譯 -- 初版 -- 臺北市：臺灣學生，民80
15,162 面；21 公分 --（中國文學研究叢刊；30 ）
ISBN 957-15-0198-0（精裝）--
ISBN 957-15-0199-9（平裝）

1.中國小說 - 批評，解釋等 - 論文，講詞等
2.中國戲曲 - 批評，解釋等 - 論文，講詞等
827.07   80000487

中國古典文學研究在蘇聯

著作者：李　　　　福　　　　清
譯　者：田　　　　大　　　　畏
出版者：臺　灣　學　生　書　局
本書局登
記證字號：行政院新聞局局版臺業字第一一〇〇號
發行人：丁　　　　文　　　　治
發行所：臺　灣　學　生　書　局
　　　　臺北市和平東路一段一九八號
　　　　郵政劃撥帳號〇〇〇二四六六～八號
　　　　電話：3634156
　　　　FAX：(02)3636334
印刷所：常　新　印　刷　有　限　公　司
　　　　地址：板橋市翠華街8巷13號
　　　　電話：9524219·9531688
香港總經銷：藝　文　圖　書　公　司
　　　　地址：九龍偉業街99號連順大廈五字
　　　　　　　樓及七字樓　電話：7959595
定價 精裝新台幣二〇〇元
　　 平裝新台幣一五〇元
中　華　民　國　八　十　年　三　月　初　版

03401　版權所有·翻印必究
ISBN 957-15-0198-0 (精裝)
ISBN 957-15-0199-9 (平裝)

臺灣學生書局出版

中國文學研究叢刊

①詩經比較研究與欣賞　　　　　　　　裴　普　賢　著
②中國古典文學論叢　　　　　　　　　薛　順　雄　著
③詩經名著評介　　　　　　　　　　　趙　制　陽　著
④詩經評釋　　　　　　　　　　　　　朱　守　亮　著
⑤中國文學論著譯叢（二冊）　　　　　王　秋　桂　編
⑥宋南渡詞人　　　　　　　　　　　　黃　文　吉　著
⑦范成大研究　　　　　　　　　　　　張　劍　霞　著
⑧文學批評論集　　　　　　　　　　　張　　　健　著
⑨詞曲選注　　　　　　　　　　　　　王熙元等編著
⑩敦煌兒童文學　　　　　　　　　　　雷　僑　雲　著
⑪清代詩學初探　　　　　　　　　　　吳　宏　一　著
⑫陶謝詩之比較　　　　　　　　　　　沈　振　奇　著
⑬文氣論研究　　　　　　　　　　　　朱　榮　智　著
⑭明代傳奇之劇場及其藝術　　　　　　王　安　祈　著
⑮漢魏六朝賦家論略　　　　　　　　　何　沛　雄　著
⑯古典文學散論　　　　　　　　　　　王　熙　元　著
⑰晚清古典戲劇的歷史意義　　　　　　陳　　　芳　著
⑱趙甌北研究（二冊）　　　　　　　　王　建　生　著
⑲中國兒童文學研究　　　　　　　　　雷　僑　雲　著
⑳中國文學的本源　　　　　　　　　　王　更　生　著
㉑中國文學的世界　　　　　　　　　　前野直彬著
　　　　　　　　　　　　　　　　　　龔　霓　馨　譯
㉒唐末五代散文研究　　　　　　　　　呂　武　志　著
㉓元白新樂府研究　　　　　　　　　　廖　美　雲　著
㉔五四文學與文化變遷　　　　　　　　中國古典文學
　　　　　　　　　　　　　　　　　　研究會主編
㉕南宋詩人論　　　　　　　　　　　　胡　　　明　著
㉖唐詩的傳承——明代復古詩論研究　　陳　國　球　著

㉗中外比較文學研究　第一冊（上、下）　　李達三
　　　　　　　　　　　　　　　　　　　　劉介民 主編

㉘文學與社會　　　　　　　　　　　　　　中國古典文學
　　　　　　　　　　　　　　　　　　　　研究會主編

㉙中國現代文學新貌　　　　　　　　　　　陳炳良 編

㉚中國古典文學研究在蘇聯　　　　　　　　俄・李福清著
　　　　　　　　　　　　　　　　　　　　田大畏 譯